孤どもたちへのクロッキー

長谷川 雅人

目次

第一章

河合《かわい》　颯《そう》

あれから十余年、僕は大人になった。大人になる、ということの定義が人それぞれだということは分かっているけれど少なくとも今現在、僕自身が大人になったという実感があるのだから間違いなく大人になったのだ。苦しいこともあったけれど、この世に生を享《う》けてからの十余年と比べると幾分かは楽だった。

このワンルームにはいくつもの思い出の品があり、どれも処分することは難しい。他人にはゴミに見えても本人たちにはかけがえのない大切なものだということは往々にしてあるだろう。子どもの頃と変わらず僕は優柔不断でどうしようもない人間だけれど、物を大切に、楽しい思い出を大切に、苦しい思い出を大切にしまっておくということにかけては他人より優れた能力を持っている。友人からの手紙を見れば共に過ごしたあの記憶が、しわくちゃな教科書を見れば川に落とされた時のあの記憶が鮮明に蘇《よみがえ》る。

回想をしなければならない。いくらしまいと思っていても引っ越しの準備をしているとそうせざるを得ないから。

『かわいそう』僕の名前はそれだった。多くの人間はこういう名前になりたくないだろう。下手な小説の可哀そうなキャラクターにテキトーに付けられそうな名前だ。ヨソの家をよく知らないから親と子の関係性という点でウチはどのくらいの親密さがあるのか、はっきり分かったとはいえないが、大人になったのだから少しくらい分かるとはいえる。僕は両親といい関係ではないのだろう。

最初から『かわいそう』という名前だったわけではない。小学五年の秋に親が離婚し、母方の苗字になった。母は常日頃から父が不倫をしていると僕に言い聞かせていた。僕は不倫というその言葉の意味を子どもながらにしてよく知っていたし、それが悪いことなのだと意識づけられていた。

『結婚して子どもがいる人はヨソの異性と関係を持ってはいけないのよ』その母も実は不倫をしていたと知ったのは父が探偵を雇っていて、『お前はヨソの男と関係を持っている』と、ある土曜日に家族会議で発表したからだ。分厚い茶封筒から母と男の写真が出てくる、ただならぬ空気の中始まった会議であったから、リビングはいつもに増して凍り付いた。父というフィルターを通した煙草《たばこ》の臭いに母の愛情という名のもと作られた昨夜のカレーライスの臭いが混ざった……。二度と味わいたくない。母の哀しみとも怒りとも取れない目と口が大きく開かれた妙な顔を認めてから僕は目を閉じ、手のひら全体で鼻と口を押え、二人の怒声《どせい》に肩で耳を塞ごうとしたけれど届かなかった。肩は異常なほど小刻みに震え、歯がガチガチ鳴る速度を上げるのを手伝った。涙が頬を伝って顎からカーペットに落ちたが、それが哀しみから出たものなのか判別できなかった。離婚することは会話の内容を判別できなくても分かったし、これ以上この生活が続いていくのを想像するのが難しかった。僕にはどうすることもできないものであり、どうにかしたいという余裕もない。ただこの場を耐え忍ぶことしかできなかった。この世の終わりとはいえないけれど、この先どうなるのだろうと読めない不安がキュッと脳を締め付けているようだった。学校でいじめにあっていると言えない、言う雰囲気すら作らせない家族会議になんの意味があったのだろう。

それから母と二人で暮らした。母は働ける精神状態じゃない、と母の男に資金援助をしてもらっていた。精神的に参っているのなら病院に行けば良かったのに、と今になって思う。母は僕の名前が『かわいそう』になったことに気付いていないようだった。ありふれた名前の人の多くは、たかが名前、と思うかもしれないが僕たちにとっては、されど名前、だった。特に子どもにとっては重要なことで、いじめの標的になるかもしれないという死活問題だ。正直な子どもほど名前というものに関して残酷で、少しでも変だと思えばすぐにそれを口に出す。大抵の大人は狡猾《こうかつ》であるから口には出さない。僕は学校でのいじめを伝えようと子どもながらに努力していた。大事な話があると僕が勇気を出して言った時、母は聞いている風を装いながらソファーに寝そべり携帯電話のゲームをしていた。こういう人間は世の中に少なからずいる。全ての親が子どものことを無条件に愛するというのは間違いなく嘘だ。過去の経験から養護学校の先生すらいじめを行うことがあると身に染みて感じていた。要するに人を見かけや肩書きで判断するのは危険なことなのだ。各々を一人の人間としてよく観察し、これからも付き合うに値するのかは自分で判断するしかない。信用できそうな人の意見を参考にするのもいいけれど、最後の最後、決めるのはいつも自分なのだ。

大切な人からの手紙。
大切な人たちと撮った写真。

児童が二人しかいないのに先生が毎週欠かさず作ってくれた手書きの学級通信。

主人公のモデルは僕にしたという作者のサインとメッセージが入った絵本。

Ａ４クリアファイルに入れられた画用紙には緊張気味の僕、確かにあの時の僕がいた。

これらは他とは別の段ボール箱に入れた。

僕は可哀そうな人間ではない。僕は僕の名前を誇りに思う。

「ねぇ、河合君。保健室登校のこと、そろそろお母さんに話してみよっか」

水上先生がぼくに言った。

ぼくはクラスメートより三週間遅れた算数のプリントに記入するのをやめて水上先生の顔を見た。水上先生はあくまで柔らかい表情を浮かべてくれてた。ぼくが知る限り一番優しい人間だった。親より担任よりクラスメートより、ずっとずっと優しかった。でも母に話すなど絶対無理な話だと思った。

「いえ、やめておきます」ぼくはプリントの内容など、どうでもよくなってた。

「そっか、分かった。じゃあ職員室に行って次のプリント貰ってくるね」

ぼくは察してる。プリントを取りに行くだけではないことを。担任に今のぼくの様子を伝え、このままどんどんクラスメートと勉強の差がついていくことを話し合うんだ。ぼくはそれがツラいから、なんとかしたかった。だけどできないから困ってるんだ。

このままいくと、いじめもさらに厳しくなるだろう。ある日苗字が変わっただけで、名前が変わってるだけで、勉強が遅れただけで、どうしてあそこまでいじめられなければならないんだろう。なんで川に落とされなければならないんだろう。最近給食が全くのどを通らなくなるほど教室が嫌になって、ここに来ることも増えてきた。熱があると仮病を使って保健室に毎回行くというぼくの手もクラスメートの何人かは察してて、もう使えそうにないから次からは熱の出ない頭痛ということにしようと決めてた。さっきも熱があると言って、そこの体温計で熱を測って、熱がないのに水上先生はここにいていいと言ってくれた（ぼくはフーフーって息を吹きかけてみたり、エアコンのあたたかい風の当たるところに行ってみたりしたけど平熱だったんだ）。そういう先生が好きだ。先生としてだけど……。だってぼくと水上先生は二十歳も年が離れてる。結婚なんてできるわけがない…………そもそも、ぼくは誰とも結婚したくないし。……でも好きなこと、それが水上先生にバレてもいい、そういう安心感が確かにあった。給食も保健室で水上先生となら食べることができた。消毒液のニオイも優しかった。だから勉強が遅れるのは確かにツライけど、小学校を卒業するまでここにいられるならそれでいいとも思ってた。中学校への進学は一年ちょっと先のことなんだから、プリントをするだけの学校生活も悪くないんだと今まで思ってきた。

「お母さんに話したからなッ」ガラガラッと勢いよくドアが開くなり水上先

生ではなく担任の声がしたから、心臓が飛び出るかと思った。すぐさまその後ろから水上先生の顔も見えて、ちょっとだけ落ち着いた。けど、母にバレたんだ。これは大変なことになる。あぁ、嫌だ。すごく嫌だ。絶望だ。この世の終わりとはいえないけど、それに近いかもしれない。

「颯、さすがにこれ以上ここに逃げるのはやめないか？　もちろんオレはお前のことを思って言っているんだ。六年生、それから中学生になるとだな、今よりもっと授業は難しくなっていくんだ。水上先生もお忙しいんだぞ。これ以上ご迷惑をおかけしてもいけないし、分かるだろ？　みんながいるクラスに戻ろう。な、颯」

「お母さんにお話しするのは河合君と相談してからですよとあれほど言っていたじゃありませんか！　私はこれからも河合君に勉強を教えますから！　例えば、私は転勤になっても、何かの病気でこの学校に来られなくなったとしても、どうしてもダメな時でも、次の方に引き継ぐことも何でもやりますよ！　その覚悟くらいあります」担任の腕を怒りに任せて掴んでた。こんな水上先生は初めてだ。

「水上先生、無理なさらないでください。颯以外の子のことはどうするおつもりなんですか。疎《おろそ》かになりますよ。颯を養護学校に通わせるなんてこと、また言い出すんじゃないでしょうね」意地悪っぽい声だった。

「絶対に疎かになんてしません！　養護教諭とは……いえ、学校の先生とはそういうものです！」

ぼくほどではないけど、ぼくみたいにクラスに馴染めなくてここにやってくる子は何人かいた。それだけじゃない。体育の授業や昼休みに怪我をした子の手当てをするのも水上先生の仕事だった。水上先生は確かに忙しかった。それをぼくの前では見せないように努力する人であることも知ってた。それはそうと、なんなんだ。養護学校？　ぼくが養護学校に通う？　何かの間違いだろうと思った。だって養護学校は手足の動かせない人とか……そういう体の不自由な人がいくところだから……。

「颯、お前も男なら勇気ある行動をしろよ。はっきり言ってイジられる方にも問題があるんだ。あいつらもお前に会いたがってたぞ。根はいいやつなんだ。お前はこのままでいいと思ってんのか？　お母さんとオレと三人で話をしよう。絶対いい話ができるから」

ぼくはこの男が苦手だと再認識した。明らかにこの男はぼくのことを考えてない。母とぼくの間の影を見ようともしない。何をもって根はいいやつだといってるんだろう。ぼくたち一人ひとりの個性をみようとしてくれない。ただ一つの物体としてぼくたちを見てる。この担任はぼくにとって邪魔な人間の一人だった。ぼくが、イジられてるのではなく、イジメられてることに水上先生は気付いてくれてるのに、この馬鹿な男は気付けない。

五時間目が始まるチャイムが鳴った。

「さあ、行こう」ぼくの右手を担任がグッと掴んだ。

「河合君は渡しませんから！」水上先生が担任の力の入った手をどかして、ぼくを正面から抱きしめた。とてもあたたかくて柔らかかった。女の人の体というのはこんなにも柔らかいのかと驚いた。

ふと、ぼくは母に抱きしめられた記憶がない事実に気付いた。絡まってた、言葉にできない糸が緩んだのと同時に事実を認識した哀しい事実がここにあった。母親というものはこういうものなんだろうか。ここまで必死になって子どもを守るんだろうか。ぼくが理解するには、とても難しいことだった。

「ここにいていい。ここにいていいのよ」

なぜだか分からないけど、水上先生と一緒に泣いてた。親が離婚するきっかけとなった家族会議の時にも難しい涙が出たけど、今度は一人じゃなかった。脳は繋がってないけど、繋がってるみたいだった。大好きな先生の肩を濡らしてしまったから「ごめんなさい」と言った。水上先生はぼくをもっと強く抱きしめながら「私も河合君の肩を濡らしてごめんね」と言った。この先生に苦労をかけたくない。かけてはいけない。自分のことで精一杯だったけど、そう強く思った。だから養護学校というものに対して興味を持ち始めたんだ。

養護学校は体が不自由な人が通う場所だと思ってた。だけど水上先生は、体の不自由な人たちだけの養護学校もあるけど、心の疲れた人たちが通う養護学校もある、と言った。見学に行くことを母に伝えたけど呆れられた。ぼくはそれに呆れた。

ぼくは母と一緒に住みたくて住んでるわけではないし、母はそもそもぼくを産みたくなかった。それをぼくは知ってた。母は父と『できちゃった結婚』をしなければならなかったんだ。母と父がおばあちゃんにぼくを堕ろすことを伝えると猛反対されたそうだ。母はおばあちゃんにとって、ようやく生まれてきた大切な子だったから。勘当する、とまで言われたそうで、後先考えず安定した仕事のある父と結婚した。『コイツのせいで結婚する羽目になったのよ』とあの家族会議で言われた。とても嫌な気がしたけど、ぼくが今ここにいることがおばあちゃんの発言によるもので、一緒に住んでる母の意思ではないことに不思議な気もした。ぼくが母に一応育てられてるのは、おばあちゃんからのプレッシャーと面目を保つため……。生かされてはいるけど、殺されもしなかった。無関心だった。でもぼくは、たまに少しだけ、一緒にいたいと思うことがある。それも確かだった。

その母は水上先生とぼくと駒垣《こまがき》市立駒垣養護学校の校長室の長椅子に腰かけて、恥ずかしくなるくらい冷めた目をしてた。

「では約二週間の仮通級から始めましょう。よろしくお願いします」髪がまだまだ黒いから五十歳くらい？の女の校長先生はぼくの目をしっかり見て言った。母ではなくてぼくだった。

「お願いします……」自分が聞いても不安丸出しの声だった。

仮通級は、この養護学校に週に三回くらい二週間通えるようになったらいいなってことで、慣れてきたら継続して二週間くらい体験入学をして……そのあと隣接してる医療センターでお話をしてから……転入学っていうことになる。たぶんそうだったと思う。ぼくは混乱してる。他にも色々な書類とかがあったけど、水上先生がしっかりメモしてぼくに渡してくれた。

「何かあれば私にも言ってください。手伝えることは何でも手伝いますから」水上先生の声は心強かった。でも頼ってばかりではダメだ。今だって保健室にぼくみたいな子が来てるかもしれないし、怪我をした子が泣いてるかもしれない。

ぼくたちはもう一度校舎を回ってみることにした。ここはぼくが通ってる普通の学校と違って平屋建てで、いつものは三階建てだから新鮮だった。外壁は薄い緑や薄い青のパステルカラーで学校じゃないみたいだった。ペンキを塗ってからそれほど年数が経ってないようだった。外は雪が積もってたから中庭の木はみんな寒そうだった。ちょっと古っぽいけど全体的に建物はシンプルな造りで、とても気に入った。

冷たい廊下をちょっと歩くと授業中？の人たちの声が聞こえてきた。どんどん大きくなるその音にぼくの足が止まった。

「河合君、大丈夫。まだ見学だし……入学するって決まったわけじゃないし、もし嫌だったら……また私と保健室で過ごそうよ」水上先生がぼくの手を握ってくれた。水上先生の手は汗でじっとりしてた。

いつもの学校より一回りも二回りも小さな体育館や調理室、視聴覚室、理科室、保健室………中学部の教室の横を通り過ぎた。それから渡り廊下を歩いて、最後にぼくと同じ五年生の教室に辿り着いた。ここもぼくの学校より一回りも二回りも小さいようだった。

校長先生が三回ノックしてドアをスライドさせた。ぼくは目を閉じ、唾をゴクリと飲み込んでから祈るようにゆっくりと目を開けた。優しそうな三十歳くらいの男の人が一人と不愛想な顔をした男の子が一人、鉛筆の手を止めてこっちを見てた。

「あ、見学ですか……」男の人が不安そうに小さな声で言った。

「そう、鳩宮東《はとみやひがし》小学校の河合君と水上先生と河合君のお母さんです。みんな緊張しているみたいね」校長先生がニッコリ笑ってみんなの顔を見回すから、ぼくも釣られて同じようにした。ぼくと水上先生と男の人の口角は上がったけど、母とその子の口は真一文字に結ばれたままだった。

「五年一組の西智行《にしともゆき》君と磯江洋介《いそえようすけ》先生です。さっきもお話ししたけれど、五年生は一組しかなくてこの二人だけよ。小学部には主事の先生として、もう一人だけおられるけれど」

磯江という先生は深いお辞儀を何回もした。「もういいのよ」校長先生がそう言うまで続けるほどだ。とても礼儀正しいけど不器用な人だと思った。教室の石油ストーブがぼくと水上先生の手を必要以上にあたためたから、ぼくは手を繋ぐことをやめた。

「こんにちは、よろしく」対照的に西という子の雰囲気は冷めてた。もう目も合わせてくれない。けど母のとは違うことだけは分かった。なんといえばいいのか、少なくとも、ぼくのクラスメートにこんな大人の口調の子はいなかった。ぼくたちがなぜここに来たのかを全て見透かしてるような、そんな怖さがあった。

「今は絵をかく時間みたいね」校長先生はできるだけ二人の集中力を削がないようにと思ったのか声のボリュームを落とした。

白塗りの壁にセロハンテープで貼り付けられた時間割には登下校、朝読書、朝の会や帰りの会、一時間目から六時間目、清掃や給食、あいだあいだの休み時間まで、事細かに時間が書いてあった。時間割とはそういうものかもしれないけど、ここまで細かく丁寧なものを見るのは初めてだった。掛け時計によると今は三時十三分だから、あと少しで六時間目が終わる。今日の六時間目は国語だった。国語の時間なのに絵を描いてたんだ。

「もうすぐ六時間目が終わる……西君どうしようか」磯江先生がその子の顔を覗き込んだ。

「きりが悪いので、帰りの会のあと二十分ほど描きます。先生もお忙しいでしょうから、ずっとボクに付いていなくてもいいので仕事が終わったら安心して帰ってください。このストーブはきちんと消します。それを職員室のどなたかに伝え、この教室に来て、見てもらいます」

「そ、そっか、分かった……」小刻みに首を上下させて、見るからにおどおどしてたけど、安心してるようにも見えた。この人、この子の絵を手伝ってるんだと思ってたけど、違った。別のA４の紙に猫の絵を描いてた。鉛筆で描かれたその絵はとても下手だった。その猫の目はただの点で、ヒゲはあちこちに向いてた。たぶん想像で描いたものだ。

その子のスケッチブックの中の絵は、絵を描いてる磯江先生だった。ぼくはまだ十一年しか生きてなくて、もちろん多くの絵を見たわけでもないけど、その絵は鉛筆だけで描いたと思えないくらい上手かった。白黒写真よりリアルかもしれない。これにまだ二十分も手を加えるんだ。今この子の頭の中には完成形があって、それでもうモデルを必要としないのかもしれない。

三時十五分、チャイムが鳴った。

立ち去る前にどうしても言いたくなった。

「西君……絵、リアルというか、なんていうか、すごく上手いね……」

「ありがとう、こういうのは写実的な絵っていうんだよ」その子の笑顔は優しかった。不愛想だったんじゃなくて、描くのに集中してただけだったんだ。

ぼくはまた水上先生の手を握り、歩きだした。もう水上先生の手はじっとりしてなかった。上履き越しの廊下が冷たくないみたいだった。


西君や磯江先生と初めて会ったのが二か月以上前なんて不思議な気持ちだった。ぼくは六年生になって、中庭の桜の木の蕾《つぼみ》は開いて、散った。仮通級、体験入学の間は母に送迎してもらわないといけなかったから、母の機嫌はいつもより悪かった。だけど今はバスで通えるから一人で行ける。

ぼくたちは普段着だけど、中学部の先輩たちは校区の中学校の制服を着ていたり、ぼくたちと同じように普段着だったり、面白いと思った。

ぼくは色々な学校のことをもっと知りたかった。ウチではインターネットが使えないから図書室のパソコンや本を使って昼休みに磯江先生と調べた。

ぼくが質問するほとんどのことを磯江先生は知っていて『これはこういうことなんじゃないかな？』と丁寧に教えてくれた。調べていて驚いたのは学校に種類があることだった。目の見えない、見えにくい人のための盲《もう》学校。耳の聞こえない、聞こえにくい人のための聾《ろう》学校。それから、脳の障がいなどで体を上手く動かせなかったり食べたりするのがやっとの人が通う学校もある。今年度からこの学校に通い始めた図書室でよく読書をしている中学部一年の男の先輩は『補聴器のおかげで河合君たちと同じように授業を受けることができるから、この学校を選んだよ』と言っていた。

「算数は今日から六年生の教科書ですね。でも河合君ならきっと大丈夫ですよ。前の学校の子たちよりずっと先にいくかも。では、ページをめくってどんなことを学ぶのか見ていきましょう」いつもチョークの音が優しい。最初の印象とは違い、磯江先生はぼくが思っていたより、しっかりした大人だった。頭が良くて教え上手で、誰にも分け隔《へだ》てなく優しかった。ただ、初対面の人がいたり、怖い先生がいたりすると萎縮《いしゅく》してしまう傾向があった。

目次を読み終えたぼくの隣の席で西君がぼくの絵を描いていた。最初は慣れなかったけど、最近はこれが普通だと思うようになっていた。鋭い視線が五分に一回くらい顔をかすめるくらいで勉強の支障にはならなかった。

この学校には西君みたいな人が何人かいる。図書室でずっと読書をしている人もいるし、空き教室の片隅でずっと工作をしている人もいる。小学部の子はぼくと西君の二人だけだけど、中学部の生徒は一年から三年まで合わせて三十人以上いて、勉強についていけない人は別の教室で別の先生と勉強していたりする。この学校は勉強をするところでもあり、継続して学校に通うことができるようにサポートするところでもある。西君は毎日学校に来ているわけではなかった。週に二日は欠席するし、遅刻や早退をすることもよくあった。

「西君は将来画家になるの？」算数の授業が終わり、ぼくはたぶんそうだろうなという口調で聞いた。

「まさか、なれるわけないよ。お金を稼ぐことはすごく難しい世界でボクみたいな絵を描く人はごまんといるよ。けれども、なれるものならなってみたいかな」まんざらでもないみたいだった。

「きっとなれるよ。西君なら」

「いや、どうかな。本当に難しいと思う。それより河合君は何になるのか決めているの?」

「いや……ない」それが一番正直な答えだった。今まで考えたことがなかった。これからどうなっていきたいのか。どんな大人になりたいのか。

「その方がいいよ、きっと。夢がなくてそれを探すことがどれだけ素晴らしいことか。何かを目指すより探す方がずっと楽しいし、無限の可能性がある。何か一つを目指し続けていると、なんとなく限界が見えてくる。やりたいことがない人というのは何かを、例えば絵を描くということに固執している人よりずっとクリエイティブだと思う」

「そっか、そうなのかもしれないね。ありがとう」ぼくは〈くりえいてぃぶ〉……なのか。

「算数の授業はどう? 難しかった?」

「ぼくにしては良くできたかな。これからどうなるか、まだ分からないけど」

「それは良かった。違う話になるけれども、ちょっといいかな」

西君が何を言おうとしているのか、なんとなく察しは付いた。

「磯江先生のことどう思う？　新島《にいじま》とか、他の先生、先輩との関係とか」

やっぱりそれだった。最近その話題は多かった。

「磯江先生はやっぱり優しい先生だね。どうかな……可哀そう……だとは思う。だって、たぶん、肩身が狭い……」ぼくはまだ養護学校に来て間もないし、なんと答えていいのか相変わらず分からなかった。ぼくたちがここで話したところで、大人同士の状況が変わるとも思えなかった。

「ボクは納得できない。ボクはこの学校で一番磯江先生を信頼しているから」きっぱりした口調だった。

新島先生は四十歳くらいの男の小学部主事の先生だった。磯江先生が一度だけ学校を休んだ時、一日中ぼくはその先生の授業を受けた。ぼくたちには優しい先生だと思った。西君が授業中に絵を描いていることにも特に注意を与えるとか（そもそもそういう指導方針なんだから）なかったし、少なくとも今ぼくたちにとって大きく影響を与える先生でもないような、ぼくたちにとって都合の悪い先生ではないような気がしていた。

「ボクは知っている。新島は磯江先生を裏でいじめている。この間見たんだ。昼休みに職員室の前で酷いことを言っていた。磯江先生は平気なフリをしているけれども、きっと相当ツラかったはずだ。それが分かるから不安になるんだよ。ボクたちは大きくなってこの養護学校を出れば、もちろん世間から養護学校の児童生徒という扱われ方をされなくなる。成長が頭打ちになれば、また苦労することになると新島たちは仄めかしている。河合君、特別支援学校教諭という肩書きにだまされちゃダメだよ。多くの大人たちはボクたちが思っているよりずっと狡猾で汚い心を持っているんだ」

西君は正義感が強くてそれ以上にこだわりが強い人間で、そのこだわりは人を変える力があると思った。でも、ぼくの心はなぜかザワザワしていた。

それから一週間ほど新島先生や他の先生を観察していて、西君の言っていたことがなんとなく分かってきた。西君に言われなくても時間が経てば、おのずとその気持ち悪さに気付いていたと思う。

確かにこの学校の人たちは磯江先生に対して風当たりが強かった。普通は陰で言うようなことを本人の前でペラペラと喋ることがある。先生が言うのだから中学部の先輩たちも釣られるように言ってしまう。陰口だって言うべきじゃないし、ぼくも西君と同じように納得なんてできない。ただ、そんなことを言われても磯江先生は穏やかな表情を崩さなかった。悪口の内容は『仕事が終わるとすぐに帰る』とか『職員会議で自分の意見を言わない』とか『小学部の子以外とまともに話さない』とか『挙動不審すぎる』というものだった。

「それで、心のバランスを保っているんだよ」西君が今のぼくの頭の中を読んだように言った。

「磯江先生はそれで心のバランスを保っている……？」そんなにぼくは思っていることが表に出るタイプの人間なんだろうか。

「そう、時間通りに帰ったりボクたちとしかスラスラ話さなかったり」

「でも先生ってそういうもの？　だってお金を貰っているわけだし、自分で選んだ仕事だし、嫌なことがあっても……頑張らなくちゃいけないんじゃゃ」

「仕事ってそもそもそういうものなのかな。心のバランスを崩してまで、自分を犠牲にしてまでやらないといけないことなのかな。誰だって自分が一番大切だって思っているよ。そう思いながらひた隠しにして、隠さない人間を羨《うらや》ましがったり妬《ねた》んだりして、それを自分の心で留めておけずに外に表現してしまう人の方がボクはよっぽど嫌いだな」

西君の言うことは的を射ていると思った。だってぼくだってそうだったから。まず大切にしたいのは自分自身だ。

「磯江先生は河合君にきちんと勉強を教えていると思うし、ボクの絵を褒めてくれる。充分仕事をしている。それを妨害しているとしか思えない、やつらは」

頭と首にタオルを巻いた新島先生が、ぼくたちの座る丸太椅子へ走ってくる。銀縁メガネを何回も直している。きっと、ぼくたちの目の届くところから走り始めたんだ。

「さあ、新島先生、早く頂上まで行きましょう」西君はちょっと意地悪っぽい声で言った。

「待ってよっ……俺は君たちと違って太ってるんだからっ……たい、体力がないから、これくらいでもきついんだよっ……あぁ本当にきつい……」

「ダイエットには丁度いいでしょう」

「厳しいなぁ、トモユキクンは……」あえて自分が今風の先生らしい自虐を言って、ぼくたちとコミュニケーションを取れていると勘違いして、いい気になっているような……そんな気がした。

「君たちが遭難《そうなん》したら俺は眠れなくなってしまう……」

これは自立活動という授業だった。自立活動は担任の先生が担当にならないことが多い。週に三時間、授業として組み込まれていて三時間目と四時間目、昼休み、清掃の時間、五時間目も利用して今日は近くの山までスケッチをしに来た。天気がいいから山へ行こうと言ったのは西君だった。

ぼくと西君は自立活動の時間に絵を描くと決めていた。他にも一人だけ中学部三年の女の先輩がいたけど、今日は二時間目の途中に早退してしまったらしい。自立活動はぼくみたいに普段、普通の授業、をしている人たちも西君たちと同じように、自分の好きなこと（表向きは自分の苦手なことを克服するなど精神的成長をすること）ができる時間だった。ぼくは運動が苦手だったし、楽器の演奏も苦手だったし、料理も苦手だったし、それから絵を描くことも苦手だったけど、西君がいるからこれにした。西君が普段どうやって絵を描いているのか、もっと知りたかったから。

いつもは学校で給食が出ていたけど、さすがにここまでは持ってこられないから今日は新島先生が弁当屋で弁当を買ってきてくれていた。

「さすがにいい眺めだなぁ、さぁ早いけど弁当にしよう。カンナサンが早退だと知らなかったから一個余分にあるなぁ。君ら食べる？」新島先生が恩着せがましい声でリュックサックから四人分の唐揚げ弁当を出しながら言ったけど、ぼくたちは首を横に振った。

ブルーシートなんか広げてこんな景色のいいところでご飯を食べるのはいつ以来だろう。ブルーシートを見ると、電車を思い出す。ぼくは電車に乗れない。絶対乗れない……。

そうだ、小三の時の課外活動でこういう自然の中で食べた記憶がある。……だけど一人きりのあんまりいい思い出ではなかったから……これも思い出すのをやめよう……。やめたい……。

山頂からの眺め、田畑がほどよくあって、都会じゃないけど田舎でもない中途半端な町だった。ぼくと母の住んでいるマンションはあの辺で鳩宮東小学校があの辺かな。母が今何をしているのかなんて興味がなかった。それよりも水上先生が何をしているのか気になった。水上先生にも正直に言うことができなかったな。母に毎日のように目障りだと言われる。父の顔に似ていて腹が立つのだそうだ。親子だから似るのは仕方ないことだって知らないわけがないのに、どうして分かってくれないんだろう。ぼくもいつか子どもができて結婚して不倫をして離婚して子どもを苦しませることになるんだろうか。それなら、最初からやめた方がいい。

ぼくたちの学校はパステルカラーだから砂糖菓子の家みたいに見える。誕生日にもクリスマスにもケーキなんて食べさせてもらったことはないけど、こういうのが上にのっかっているとワクワクするんだろうな。西君はそういうのを食べたことがあるんだろうか。ぼくは山の空気と弁当がこんなに美味しいなんて知らなかったけど、西君は今唐揚げ弁当をどんな気持ちで食べているんだろう。西君の家ってここから見えるんだろうか。

「ボク、食欲がありません」山に来たいと言ったのは西君だったのに本人の顔色は冴《さ》えなかった。割りばしも止まって、なんの変哲もない雲を見ていた。

「そんな顔してると俺が食べちゃうぞ」

「別にそれでいいです。本当に食欲がないんです。食欲が」同じようなことを言っている西君はもうスケッチに集中するための、そういうモードに入っているのかもしれない。

「そうか、なら本当に食べていい?」

「はい……」

新島先生は本当に三個の唐揚げ弁当を食べてしまった。西君は水筒でお茶か何かをちょっとだけ飲んでいた。

「その水筒、黒くてかっこいいね。お母さんかお父さんに買ってもらったの?」ぼくは話す内容が見当たらなくてつい悪気なく言ってしまった。

「いや、ボクの両親はいない。ボクは児童養護施設に入っていて、これはそのお小遣いで買ったものだよ」西君の家はなかった。

「そ、そうなんだ。こんなこと聞くべきじゃなかったね。ぼくもお父さんとは離れて暮らしているし、お母さんもぼくのことをなかなか分かってくれないんだ……だから聞いてほしくないのは分かる。ごめんね」

「謝らなくていいよ。もう慣れたというより普通なんだ。ボクの方こそ、こんな雰囲気にしてしまってごめん」西君も、言うべきじゃなかった、という後悔の顔を隠しきれていなかった。

「人には多かれ少なかれ苦労があるよなぁ……。よぉし俺の腹もふくれてきたことだし、じゃんじゃん描こうかぁ！」無理やりテンションを上げたと思われる新島先生には感謝しないといけないのかな。あと、唐揚げ弁当を買ってきてくれたことも……。

新島先生は邪魔しちゃいけないっていう風に向こうで町全体を描いていたけど、ぼくたちは反対側の中腹にあるパステルカラーの一軒家を描いていた。ぼくたちの学校の色合いと似ているその建物は木造っぽいけど、はっきりとは分からない。

西君は水彩絵具を溶かす時も額に汗が浮かぶほど、一生懸命で、描いている間は一言も喋らなかったし、それどころか息を止めているみたいだった。水彩画のセットもぼくが持っているものとは違って、絵具のチューブは重厚感のある銀色で色の線が横にちょっと入っているだけだったし、筆の毛並みもすごく滑らかで、ほっぺたに這《は》わせたらすごく気持ちよさそうだった。このセットも児童養護施設のお金で買ったものなのかもしれない。

丁寧なのに筆のスピードはぼくの五倍くらいあって西君の方を見るたび、ぼくは口をあんぐり開けてしまっていた。西君の絵は「こんなんじゃ、ダメだ……」という小さな哀しみのこもったような声と共に手の中でグシャグシャになって、さっきまで唐揚げ弁当が入っていたビニール袋の中にカサッと何度も何度も投げ込まれた。東屋《あずまや》横の水道で絵筆とパレットが当たるカタカタカタッという音には怒りが含まれている気がした。あのパステルカラーの家を描いているからだということは間違いなさそうだった。どうしてそこまであの家にこだわって、描いた絵に納得できないんだろう。ぼくたちの学校に似ているだけではない、きっと何か特別な思い入れがあるんだろう。ビニール袋の中で厚紙がゆっくりと戻っていったから、こっそり覗いてみると、どれもなぜいけないのか分からない出来栄えだった。そもそも素人のぼくが評価なんてしちゃいけないのかもしれないけど、一瞬写真と見間違うくらい写実的で、ぼくが一生絵の勉強をしても今の西君に及ばないんだろうなと思った。

「おーい、もうこんな時間だ。そろそろ片付けしないと、六時間目に間に合わなくなるぞぉ！」

新島先生の声に西君はがっくりと肩を落とした。

「河合君、いい絵は描けた？」

「あ、うん、西君には絶対敵わないけど、ぼくなりにはね……」

「ボクは全然ダメだった。だからまた来なくちゃいけない」哀しそうな声でパステルカラーの家を真っすぐ見下ろしていた。

「あの家が好きなんだね」

「うん」耳がちょっと赤くなった西君はぼくの足元に視線を移した。

「よく来るの？」

「そう。ここにも、あの家にもね」

「そうなんだ。どんな人が住んでいるのかな……ぼくも行ってみたいな」

「ボクの絵の先生が住んでいるんだ。色々な絵を描く人……今度行こう。けれども、今はとりあえず早く片付けよう。さらに新島の機嫌が悪くなるだろうから」

「そ、そうだね」

「早くしろぉ！　俺が怒られるからぁ！」向こうで新島先生が大きく腕時計を指すジェスチャーをしてぼくを焦らせた。

　下山する新島先生も遅かった。だけど、ぼくたちに先生が同行していなければならないというルールで、ぼくたちは新島先生のスピードにある程度合わせるしかなかった。そんなに険しい道じゃないけど……それは決まりだから仕方ない。

「君たちはイソエクンのこと、どう思ってる？」後ろから話しかけられた。

「ボクたちにとって、いい先生です」すかさず振り向いて西君が言った。

「ぼくも、同じです」西君ほど強くは言えない。強く言えるようになりたい。

「あの人は緊張しいなんだよ。だからこうなっちゃうタイプ」新島先生は顔の前で軽く手を開いて前へ後ろへ何度も動かした。

「はぁ……それが悪いんですか？　ボクは決してそうは思いませんが」

「君たちには、ああいう大人になってもらいたくないってこと。大人の俺に言わせればイソエクンはまだ学生気分で仕事してる。ああいう大人になったら苦労するからね。先生や中学部の子どもたちの信頼を得られずに見るからに大変そうでしょ。君たちにはまだ時間がたっぷりあるから大丈夫……でもイソエクンには本当に困らされる。こっちの身にもなってほしいもんだよ」

キッとした大人の目が怖かった。ぼくは父の顔を思い出さずにはいられなかった。

西君は怒りを通り越して呆れたみたいだった。でも、手が少し震えているのはどうしてだろう。新島先生と距離ができた時ぼくに耳打ちした。

「分かったでしょ」

ぼくは新島先生の怖い目を思い出して頷《うなず》くこともできなかったから苦笑いで返した。

急にぼくの体が重くなった。木洩れ日が目に突き刺さるようで、ぬかるんでいないはずの山道に足を持っていかれそうになった。それでもぼくはなんとか歩こうとしている…………………小さいぼくが電車に乗っている。ぼくたちはどこに行こうとしていたんだっけ………………プラットホームに向かう電車がキキィッッと止まろうとして……止まらない……あぁ……鋭く長い警笛………何かが電車にぶつかり、何かが砕けて飛び散る音、その上をぼくたちは通り過ぎてく………やっと止まったけど、車掌さんの声が震えてる？　何度も言い直してる……まだ叫んでる人がいる………あ、サイレン………ぼくは父に強く手を引かれ、ドアの方に向かう……父がドアを強く叩く……さっきまで退屈そうにしてたみんなの表情が豊かになってる……二人、三人、四人、携帯を構える人たち……マグロ？　タタキ？　なんのこと？　『何』に対して言ってるの？　何をブルーシートで隠しているの？　ぼくの体の痛みより……なんで……どうして……黄色い線の内側ってどっち？ぼくはそこにいていいの？　いるべきなの？　誰か教えて……………………

リビングで父がぼくと母に暴力を振るってた。父の指示で次は母がぼくの頬を叩いた。何回も何回も叩いた。口の中で錆びた鉄の味がした。壁の穴、テーブルの凹み、割れた皿、おばあちゃんから貰ったぼくの大切な猫のぬいぐるみのお腹から出た綿…………ぼくの傷、お風呂に入る時にしか見えない煙草でつけられた痕。すごく痛くて息苦しくて眠れなかった。決して逃げることはできない、誰にも相談できない、してはいけない、八方塞がりの時間は重くドロッと流れて……………………ぼくは誰もいない暗い部屋に一人取り残されてる。110を押せば九十パーセントの確率で殺されるんだ。この部屋を一歩でも出れば父に殺される。全ての人間はぼくの敵で、それは間違いなくて、水上先生もぼくを騙《だま》してる。あぁ自殺したい。どうやって死ねば一番いいんだろう。その欲求は抑えることができない…………………今だってそうだ。こんな簡単なきっかけでそう思う。何が幸せで何が不幸せで、なんのために生きているのか分からない。ぼくが生まれた意味ってなんだろう。あぁ、いっそ誰か知らない人に殺してもらった方がいいのかもしれない。死ねば全てが無になるはずだ。きっとそうだ。自由とか不自由とか何も考えなくていい。早く早く……もっと早く……もっと…………………。

「河合君、ツラかったんだね」優しい声。丸太椅子の横の西君の黒い靴。

ちょっとだけ絵具が付いていた。その横に水滴が止めどなく落ちて枯れ葉を濡らしていた。雨？　違う、それは確かにぼくの目から落ちていた。ぼくの涙だ。ぼくだけの涙。

西君がぼくの左肩をなでてくれている。

「西君、ごめん、行こう。父が、いや、ごめん新島が……新島先生が……」

腕を組んだ新島先生が無表情でぼくを見ていた。何を考えているのか子どものぼくには見当もつかない。煙草の臭いがしたから、もしかしたらかなり時間が経っているのかもしれない。

「軽い高山病みたいなもんかもしれんな。大丈夫か？　でも大丈夫そうだな。立てるよな、男だもんな」この臭いは父の臭いだった。

「はい……大丈夫で――」

「――大丈夫じゃない！」ぼくの言葉を遮ったのは西君だった。

「あのね、河合君。ボクは河合君の苦しみ、理解はできないけれども、想像することはできる。だから心がしんどい時、ボクに相談して。一緒に苦しむことができるかもしれないから」

この優しさは水上先生に似ていた。ぼくの胸の中で絡まっていた糸がスッとほどけるような、そんな気がした。

あれから一か月くらい経って、梅雨入りの季節になった。西君は少し変わった。少なくともぼくの前で新島先生の悪口を言わなくなった。悪口を完全にやめたのではないだろうけど、しばらくそれでぼくの様子を窺《うかが》っている、みたいだった。ぼくたちはセルフィンプレコを見ていた。プレコは職員室から廊下を一つ曲がったすぐの場所にいて、いつも水槽の底で一匹、何を考えているのか、じっとしていた。プレコは熱帯魚だから水槽があったかい。西君は昼休みになると、よくこうして水槽に手を当てながら溜息をついていた。

「何を考えているのだろうね」西君がつぶやく。

「そうだね。分からないね。西君にも分からないことがあるのが時々不思議になるよ」

「分からないことの方がずっと多い。それはボクも河合君も磯江先生も新島もボクの絵の先生もみんな同じ。人間だから当たり前。ただ知っているように見えるだけなんだ。本当のことは決して誰にも分からない」

「それは絵のこと？」

「そうだね。絵についても分からないことが、あまりにも多いということが分かっているだけで、どんなに人に上手くなったと言われても、なぜか腑《ふ》に落ちない。どこがゴールで、そこに向かっているのかも分からない。いつか死ぬ時が来て、そこで腑に落ちているのかも……分からない」

「いつか腑に落ちるといいね」

「そのためにずっと努力するつもりだよ」西君はぼくの目を真っすぐ見た。努力できる自分の力を信じているようだったし、強く信じたいんだと思った。本当に腑に落ちる日が来てほしい。それは西君の本当の幸せになるんだろうな。

「このプレコは二十年以上前からここにいるんだ。磯江先生が前に言っていた」

「そうなんだ、ぼくたちより年上だね」

「ボクたちの知らない人たちもたくさん見てきたんだろうね」

プレコがヒゲをヒクヒクさせながら、ぼくの哀しみを見ていた。きっと今まで多くの哀しみを見てきたんだろう。そんな目をギョロッとさせて、重い腰を上げたプレコは大きな背びれを見せつけるように優雅に泳いで向こうを向いてしまった。飼育委員の人たち（西君もその一人だった）に水槽を綺麗にしてもらったあとだったから機嫌は悪くなさそうだった。

「ボクは河合君を混乱させるファクター……要因になったのだと思う。大人たちに対しての考えをボクはもっと柔らかい言葉遣いに、柔らかい口調にして伝えるべきだった」

ぼくが自立活動でパニックになってしまったことについて言っているんだ。

「一か月くらい前の自立活動で山に行った時、ぼくの苦しみ、理解はできないけど、想像することはできるって西君が言ってくれたね」

「うん、言ったね」

「ぼくの脳と西君の脳、繋がっていないもんね」

「ボクの脳と河合君の脳が繋がっていない……。確かにね」子どもらしい微笑みを見せる西君は珍しい。

「ありがとう。あの時、救ってくれて。西君のせいじゃない、時々ああいうことになるんだ。人と関わる恐怖が自分のいのちを失う恐怖を上回ることが」

「どういたしまして。救うなんて大袈裟《おおげさ》かもしれない。でもその言葉を借りるね。あのね、もっと高いレベルで河合君を救いたい。ボクらはもっと救い合えるし、他の誰か、例えば磯江先生も救うことができるかもしれない。ボクも死にたくはないし、河合君にも死んでほしくない」

「できるのかな。ぼくたちまだ子どもだし……」

「ボクたちの身体はまだ小さいけれども、生きてきた年数にしては心の傷がありすぎる。時にそれは強みになる。だからチャレンジする価値は十二分にあるのかもしれない。河合君の負担になりすぎたら元も子もないけれども」

ぼくの過去をそんなに話したことがないのにどうして西君は理解して、いや、想像してくれるんだろうか。もしかしたらあの時ぼくは色々なことを口に出していたんだろうか。

「救えるものなら救ってみたい……ぼくも救ってもらいたいし、西君も救いたい」ぼくたちはまだまだ幸せになれるんだ。

「まだ、ボクにも確かな計画があるわけではないんだ。……ボクの絵の先生に会ってほしい。そこで何かを河合君と感じ取りたい」

「わかった。ぼくもその人に会ってみたい」こんなことを言うぼくは珍しい。

ぼくは初めて友達と思える人と約束をした。


日曜日の早朝、ぼくたちは山道を歩いていた。落ち葉を踏みしめる音は前より湿気を含んでいた。雲はどんより暗くて、雨が降るのも時間の問題みたいで、傘を持ってくればよかったと後悔した。西君は大きなビニール傘を持ってきていた。こんなに朝早くから児童養護施設を抜け出して怒られないんだろうか。それが心配で歩いていたから、傘のこととか途中からどうでもよくなっていた。西君の黒いリュックサックに何が入っているのか聞く余裕もない……そして……

「どんな人なの？　こんなに早くからお邪魔して、ほんとのほんとに大丈夫なのかな」人と初めて会う前、ぼくは必ず緊張した。天気より、その人はどんな人なんだろうと不安になって、前日からフワフワした気分でなかなか寝付けなかった。養護学校に初めて見学に行く前日も大変だった。だから何回もしていた、そんな質問をまたしてしまったんだ。

「大丈夫。ボクはその人の怒ったところを見たことがない。それにこの時間に行くことは伝えてある」

「怒ったところを見たことがないのは、きっと西君がいい子にしているからだよ」

「河合君はいい子じゃないの？　河合君はいい子だと思うよ」

「分からない……自信がない……」

「世間の目は思ったほど厳しくないよ。特に今日会う日下部《くさかべ》先生はとても優しい人だから大丈夫。会えばきっと分かるよ」

世間の目は思ったほど厳しくないなんて、前に言っていたことと正反対ともとれる。西君はぼくに気を使って言葉を上手い具合に変えたのかもしれない。

「新島先生とは違うタイプってこと?」ぼくはちょっと攻めた質問をしてみた。

「新島とも、おそらく河合君の前の学校の担任とも違うタイプだよ。その、元担任、には会ったことはないけれども河合君の話を聞く限りだと、そうかな」

深呼吸をするぼくを見て西君は微笑んだ。

「本当にぼくたちの学校と同じ色をしているね」

「数年前、市から依頼されて塗りに行ったらしいよ。ほとんど無償《むしょう》だったみたいだけれども」

「有名人なんだ」

「そうだよ。だけど極力人と関わりを持ちたくない人なんだ。だからこんなところに住んでいる」

「本当にぼくがいても大丈夫?」

「大丈夫。ボクとボクの友達は来ていいって言ってくれた。たぶん先生も緊張していると思うけれども」

ぼくたちの目の前にはその人の木造二階建ての家があった。屋根が薄い青、壁が薄い緑のパステルカラー。遠くで見るよりかなり大きい印象を受けた。家を囲むようにして畑やプランターがあった。キャベツやオオバ、ソラマメなどの緑が家の色に似合っていた（幼稚園の時におじいちゃんから買ってもらった図鑑を小さい時に見ていたから野菜の形は知っていた）。なぜだろう、アスパラガスだけ、やけに多い。この大きく硬そうなアスパラガスはもうちょっと時間が経つと食べられなくなるかもしれない。一人で食べきれるような野菜の量じゃないと思った。

木製の扉は壁とほとんど同じ色で、これが本当に扉なのかと不安になるくらいだった。西君は慣れた様子で三回ノックすると、返事もないのに金属のドアノブを回して引いた。ギシギシィィッという扉を開ける時には聞いたことのない音がした。鍵がかかっていない……んだ。

「日下部先生！　お邪魔します！」

「お邪魔します……」

少し暗いけど外壁とは裏腹に室内は普通だった。ぼくと西君は靴を脱ぐ。ぼくと母の住んでいるマンションと同じように流し台があり、木製の丸テーブルと椅子も特別変な形をしているわけではなかった。木製のポールハンガーには大きなベージュのショルダーバッグがぶら下がっていた。本当にここに人が住んでいるのか、薄緑色のカーテンは閉め切られ、もしかしたら西君は嘘をついているのかもしれない、と頭をよぎってしまうほどだった。左に扉があったけど、右の階段を上る西君の背中に続いた。階段がギシギシと音を立てて底が抜けるんじゃないかとぼくを不安にさせた。

スツールに座る、後ろ姿があった。裸足だった。

一階では微《かす》かだった絵具のニオイが鼻を突いた。二階はほどよく明るくて一階より断然開放的だった。壁一面に、額縁に入った絵やむき出しの絵がすぐには数えられないほどたくさん掛かっていた。一人の人間が描いた絵だとは思えなかった。額縁の下の壁紙に直接タイトルが書いてあった。落書きにしては整いすぎている字だった。

「お、おはよう……」上下灰色のスウェット姿のその女性は世界から一人取り残されたようなそんな哀しい声を出して、ゆっくり振り向いた。たぶん水上先生や磯江先生と同じくらい……三十歳くらいだ。髪はボサボサであちこちにはねていたし、眠そうな二重まぶたで化粧もしていなかったけど、鼻は高くスッとしていた。

「おはようございます。河合君を連れてきました。養護学校の友達です」

「お邪魔しています……」西君に友達と紹介されて嬉しかった。

「い、いらっしゃい……あ、紅茶を出すね。下に行っていて……」絵筆を握りしめる手が震えていた。

「河合君待っていようか」

「うん……」ぼくはワクワクしているのかもしれない。

ゆっくりまた向こうを向いた女性の服にはたくさんの色が付いていた。髪の毛の先にも、ほっぺたにも、足にも。

西君が薄緑色のカーテンを開ける。

五分くらいして、女性が下りてきて震える手で紅茶を淹《い》れてくれた。髪は梳《と》かれて、Tシャツに着替えていた。いや、下はスウェットのままだから上を脱いだだけかもしれない。そのTシャツはもともと無地だったと思うけど無地ではなくなっていた。三人で丸テーブルを囲んで、ぼくは薄青色のティーカップに入った紅茶を頂こうとした。

「お菓子がないや……ちょっと、運動がてら買ってくるね」

「いやいや、大丈夫ですよ。緊張しなくても大丈夫です。河合君もそのタイプの人間なので」逃げるように立ち上がる女性を西君が引き留めた。

「そう……良かった……河合……さん……あ、河合くん……変な家でごめんね、大丈夫？」

「全然大丈夫です……こういうところ好きです」家より、この人がTシャツのまま、まだ冷える朝の山を下りていくことの方が心配だった。

「良かった」今まで上がっていた女性の肩がようやく下がって初めてぼくの目を見てくれた。

「日下部遥《はるか》先生、すごく絵が上手いんだよ。さっき見たでしょ？　パステルカラーを塗るだけじゃなくてね、写実的な絵もいっぱい描いてるし、抽象的《ちゅうしょうてき》な絵もいっぱい描いてるし、正真正銘プロの画家だよ」西君が子どもみたいに目をキラキラさせながら言った。間違えた、西君は子どもだった。

「に、西くんはわたしのこと買いかぶりすぎだから、そんなの嘘だから……えっと、西くんが嘘つきって言っているわけじゃなくて……西くんはとてもいい子で……わたしは確かに一介の画家……画家としてやっているけれど、やっと食べていけるくらいだし……ごめん、自分でも何言っているのか分からなくなってきた……」日下部さんの顔は真っ赤になった。

「こういう人」ニッとした西君が顔を向けた。

「そう……こんな人……」日下部さんが自信なさげに小さな声で言った。

「河合君の絵を描いてもらえませんか。できれば写実的なのと抽象的なのを。簡単なものでいいので」西君の黒いリュックサックから硬さ、濃さの違う鉛筆数本とA４クリアファイルに入れられた画用紙が出てきた。

「分かった……上手く描けるか分からないけれど……」

日下部さんの動きは見違えるように速くなった。ぼくは動いちゃいけないと思って、気付いたら息を止めていた。西君は日下部さんの手の動き一つ一つをいろんな角度から見ているようだった。長く弱めに持たれた鉛筆は生き物みたいにスルスル動いて、そのあと、強くなって、短くなって、寝たり、立ったり、忙しかったけど、三分もしない内に写実的な絵が仕上がった。一回も消しゴムを使わなかった。

「できた……。クロッキー……です……」日下部さんの声は小さくても自信に満ちていた。

「すごい……」ぼくは自然に声を漏らしていた。

「でしょ？　クロッキーのレベルじゃないよ」西君がしたり顔をした。

そこには確かにぼくがいた。写真では表現できないであろうぼくだった。グラデーション、西君から教えてもらった用語だ。それも自然なんだけど空間というか、なんていうのかそういうのがすごい。ぼくがもっと絵の勉強をすれば、もっと専門的なことを思えるのに、それが悔しい。ぼくの今の緊張とか不安とか、哀しみまでこの絵には溶け込んでいる気がした。

ドドドドドッと音がしたと思ったら、もう目の前に日下部さんの姿はなかった。二階に上がったみたいだ。ガサガサ上から聞こえてくる。グラグラしながら段ボール箱いっぱいの画材?を持ってきた日下部さんの目はさっきとは比べられないくらいキリッと真剣だった。たぶんゾーンに入ったとか、そういうことだろう。

「ダ、ダメ……二階に来てくれると嬉しいけれどいい？　もし河合……くんが良かったらっ！」急に声の調子が脅迫的《きょうはく》になったから驚いた。紅茶が冷めてしまうのにと思ったけどぼくは頷いた。

ぼくは二階の二脚ある内の一つのスツールに腰かけた。

「先生、イーゼルとキャンバスここでいいですか？」

「ありがとう西くん……それでオッケー……」

西君が慣れた様子でイーゼルというものの高さを調節した。そこにぼくの身長の半分くらいのキャンバスが置かれた。

……それから五分くらいひたすら日下部さんに窓のある方向から見つめられた。人にこんなに見つめられたことがないから、とても恥ずかしかった。心を見透かされるような、西君と初めて会った時のあの感情を思い出したりもした。

西君はちょこんと板張りの床に正座していた。痛くないのかな。あぐらをかくとか、体育座りをすればいいのに。

「触っていい？」日下部さんが言った。

「え？」

有無を言わさず、日下部さんがぼくの両ほっぺをつまんで軽くひっぱった。それから、肩をモミモミ揉んで、腕をスリスリさすった。これにどんな意味があるのかさっぱり分からなかったけど、嫌な気はしなかった。

「答えたくなかったら、答えなくていいのだけれど河合くんはなんで養護学校に通っているの……」

「えっと、学校でいじめられて、親も助けてくれなくて、担任の先生も信用できなくて……」

「そっか……大変だったね……西くんと……であえて良かった？」

「はい……ぼくなんかにとても良くしてくれて信用できるし、初めて友達と思えたっていうか……あの……そんな感じで……あの、西君はどう思っているか分からないですけど」

「ボクも河合君を友達だと思っているよ」ありがとう、西君。言葉に出したい。

「ありがとう、西君……」

「わたしもこんな友情が欲しかったのかもしれない……二人くらいの頃は、ほぼ、ひとりぼっちだったから。け、けれどね、今は西くんが遊びに来てくれてすごく嬉しいんだよ。すごぉ〜〜く感謝している。あ、気楽に話しながら……で大丈夫」

キャンバスに色鉛筆でサッと描いて、カレーを食べるくらいの大きさのスプーンで絵具を塗りつけている。たぶん油絵具。話していいかな……。

どうしてぼくはこんなに話したいんだろう。

「西君は画家になれますか？　ぼく、絶対なれると思うんです。すごく上手いし」興味があった。どういう答えが返ってくるのか。

「もうなっている……から」

「え、もう？」

「名乗れば、画家だし……お金なんて一円も貰わなくても、上手くても、下手でも自分が画家だと主張すれば画家で……。西くんは言葉に出さないけれど、すでに西くんの絵は主張している……から」

「主張している……」なんで……。いつの間にか不思議なくらいぼくの目には涙がいっぱいだった。止まらなくて、止めようという気も起きなくて、ただここで泣いていたかった。ぼくは泣き虫だけど、それも嫌じゃなかった。

「本人は納得していないみたいだけれど……それも大切なことだと思うよ……。わたしは今の西くんの絵がと〜っても好きで、ほんっとに大好きで、もうそれはそれで完成していると思うけれど、西くんには西くんの歩いてきた世界があって、それは西くんだけしか知ることはできないの。誰も邪魔なんてできない……」

色鉛筆とかクレヨンとか絵具とか、あと何か分からないものもいっぱい使っている。それをフォークとかバターを塗るやつみたいなので引っかいている。ぼくは目だけ動かしている。日下部さんの顔から汗が出て、それが顎から落ちて、スウェットの太もものところの色を濃くしたけど日下部さんは気にしていないみたいだった。

西くんは床に視線を落としていたし、日下部さんの目はどんどん潤《うる》んできていた。……どうしてだろう。

「ボクの主張は確かにここにあるのに、ボクもその実態をよく分かっていない。漠然《ばくぜん》としすぎて言葉にできない。絵にも落とし込めない。それが苦しくてもがいている」西君は自分の頭を指して言う。そして首を横に振る。

時間が経つこととかあまり気にならなかった。モデルになることがこんなに心地いいなんて知らなかった。作者のためだけじゃなくて、モデルのためのモデルなんてものがあるのかもしれない。

「今浮かんだイメージを頭から逃がさないように……」日下部さんは自分に言い聞かせているようだった。

人は一人では生きていけないんだと思う。でも友達なんていなくても生きていける。それはたぶん事実で、大人になっても変わらない。むしろ友達関係って、めんどくさくて、いじめなんかもあって、それが負担になって、死にたいくらい苦しくなることもある。ぼくがあいつらに嫌だって言えなかったこと、川に落とされたこと、教科書に嫌なこと書かれたこと、名前のことでからかわれたこと、とてもツラかった。

ぼくは親に恵まれていない。それはたぶん事実で、大人になっても変わらない。他の子の親は優しそうな人たちばかりだった。家では違うのかもしれないけど、それでもきっと子どものことをちゃんと見守っているんだ。ほとんどのクラスメートの親は参観日に来ていたし、運動会で一緒にお弁当を食べていた。そうじゃない子も確かにいたけど、少なかった。ぼくはその内の一人だった。親に毎日のように暴力を振るわれる子どもってどれくらいいるんだろう。体も心も痛かった。これが普通なんだって思う時もあった。誰かに言いたかったのかな、言いたくなかったのかな、いや、言う気力なんてなかったのかな。

でも……ぼくは生まれてきて良かった。必死で何かを描く日下部さんと、それを学ぼうとしている西君を見ているとそんな気がするんだ。ツラくてツラくて、逃げ出したくなる時も暗闇の中で、なんとか自分が生きていける道を見つけて必死でぼくたちは生きている。

「プレコって……まだ生きている……？」

「生きていますよ。元気です」西君が言う。

「良かった……」

もしかしたら日下部さんは……養護学校に通っていたのかもしれない……。

絵具とかいろんなものが混ざった匂いが優しく心地よくて、ぼくはうっとりとして、頑張って寝ないようにし……………………たけど
…………………

…………………

眠りについた。

今まで疲れていたんだ。

どんな夢を見たんだっけ。でもこんなに気持ちいい眠りは久しぶりだった。

「ごめんなさい、ぼく……」西君に両肩を支えられていた。

「大丈夫……それも河合くんなんだから、心配しないで、安心して……これはこれで描いていて面白かった。本当に」

「よだれ、垂れている」西君がハンカチでぼくの口元を拭ってくれた。

抽象画って図画工作の教科書で見たことがあるけど今までよく分からなかった。自分がモデルになってみて、ちょっとだけ分かった気がする。この世の中になくてはならないものって感じている人がいるってこと。

ぼくをモデルにした抽象画は一見ぼくじゃなかった。でも見れば見るほどぼくだった。微かな人間の輪郭《りんかく》の中にグルグルと閉じ込められた何かどす黒い血のようなものがあった。それは不気味で、この世で似たものを見ることはできないことは確かだった。あれだけ色々なものを使って描いていたのに、統一感があった。

「良かったら河合くんと一緒に題名を考えたい――」

「――磯江先生」ぼくの口から出たのはそれだった。

「すごい、わたしも丁度、同じことを考えていた……」

「ボクも……」

これは奇跡の一致とはいえないと思う。だって紛れもなくそれは磯江先生だったんだから。ぼくだけど磯江先生、とても変な感じだけどそうだった。

「日下部さんは磯江先生を知っているんですか？」

「うん、よく知っているよ……とってもいい人」

「そうですよね、ぼくもいい人だって思います。西君から聞いているかもしれないですけど……あの……養護学校で磯江先生はいじめられていると思うんです！　先生たちに……それに釣られるように中学部の先輩たちも……」

西君はびっくりしたみたいで目を丸くしている。まさかぼくの方からこの話を持ち出すなんて思ってもみなかった、というように。

「わたしは……とっても協力したいけれど、大人って苦手で上手く喋れなくて、あんまり助けにならないと思う……だけど、協力したいのは本当……で」

「いいんです。ここで助言してくれるだけでもいいです」ぼくはちょっと誇らしかった。誰かを助けたくて。それを言葉に出して。

「それもできるかどうか……」

「ボクは日下部先生から既に助けてもらっています。なので日下部先生には人を助ける力がある。今日だって河合君の心を動かした。そうだよね、河合君」

「うん、そうだよ、西君。ぼくはまだまだ未熟で何もできない子どもですが、今日ここに来て、絵を描いてもらって、自信が付いたっていうか、自分を認められたっていうか、何かが変わったのは分かっていて。だから、ぼくも日下部さんにもっと助けてもらいたいです。日下部さんの負担になったらダメだけど」いつかの西君の言葉を借りた。

西君も大きく頷いてボクにウインクした。

「ありがとう、こんな頼りない大人を頼ってくれて。すっごく嬉しいよ。いい助言ができるかどうか、正直分からないけれど、負担とかは考えないで」

「ボクたち、また時間のある時に来てもいいですか。次は磯江先生の絵も描いてほしいです。磯江先生連れてくるかもしれません」

「うん。助かる。磯江くんだったら安心できるし、モデルがいたら、わたしも絵の勉強になる」

「ありがとうございます。お忙しいだろうからボクたち、もうそろそろ帰った方がいいですよね」

「ううん、二人が良かったらもっといてほしい」

ぼくはいい家族っていうものがまだ分からないけど、学校から帰ってきて、その日あったことを話したり、もっと話したいって思ったり、ずっとこの関係が続くといいのになって思ったり、相手に幸せになってほしいなって思ったり、そういうことなのかな。

まるで、ぼくたち三人はいい家族みたいだった。血は繋がっていないけど。あったかい気持ちになって、全然話し足りなくて、ぼくのツラい気持ちやよく分からないって気持ちを正直に吐き出してみたくなって。お母さんは日下部さん、お兄ちゃんが西君ってとこかな。大人にしては口下手なお母さんだけど、いつも優しくてぼくのことを考えてくれるんだ。お兄ちゃんはすごく頭が良くてぼくは尊敬していて、いざとなればすぐにいじめっ子からぼくを助けてくれるかもしれない。どんなに強い相手であっても関係ない。あぁ、幸せだ。こうやっていられることが。ずっとここにいてもいいって思った。

日下部さんはものすごい勢いで手を洗って、サンドイッチをたくさん作ってくれた。

三人で食べた。

美味しかった。

楽しい時間ってすぐ過ぎるんだ。

もっと話したかった。

学校のこと、家のこと。

だけど、帰らないといけない時間になってしまった。

「ぼく、また来たいです。日下部さんもこの家もすごく好きになりました」

最近のぼくは正直に話すようになった。西君や磯江先生、水上先生のおかげだ。

西君はちょっと羨ましそうにぼくを見ていた。日下部さんが好きなのかもしれない。弟みたいなぼくは鈍《にぶ》くて、どれくらいそれが当たっているかなんて分からないけど。

「ぜひ。いつでも歓迎するから……ずっと友達でいてくれる……」日下部さんは不安と恥ずかしさが混じったような単調な声を出して顔を赤くして、ぼくたちを交互に見た。手は腰のところで震えているのが分かった。人って、やっぱりどこかで人と繋がっていたい生き物なんだ。

「「もちろん」」ぼくの声に西君の声が重なった。

「ありがとう……ずっと……」

「「ずっと!・」」

日下部さんの震えは止まって、今日一番の笑顔になった。すごく綺麗な大人だった。ぼくは笑顔が好きなんだって、当たり前みたいなことを思った。

お土産に描いてもらったクロッキーを貰った(日下部さんは新しくて質のいいA4クリアファイルに入れてくれた)。それからアスパラガスをぼくに十本、西君に二十五本くれた。時間をかけて選んでくれたから、たぶん食べ頃のやつ。日下部さんはアスパラガスにオスとメスがあることを教えてくれた。メスが美味しいから、とメスをたくさんビニール袋に入れてくれた。

母の顔を思い浮かべながら山を下りて、バス停に来たところで袋を西君に渡した。結局使わなかったビニール傘を持つ西君の左手があって、持って帰るのは大変だと思ったけど、ぼくは迷わなかった。

「施設の人、たくさんいるでしょ。たぶんうちじゃ食べない」本当は食べたかったけど生きていくには、ぼくは母から逃れることはできない。今日も絶対にあのマンションに帰らないと……。

「ボクたちは親を選ぶことはできないよね」ベンチに腰かけたけど、夕焼けが眩しくて西君の方を見ることができない。アスパラガスを一つの袋にまとめている音はしたけど。

「そうだね」

「けれども両親がいなければボクたちは存在していなかったし、こうやって出逢うこともなかった」

「確かにね」

「ある程度は感謝しないといけないのかもしれない」

「うん」

「だけどボクたちは一人の人間として生きている。だからある程度の自由があって、ある程度の決定権があるんだ。その『ある程度』まで大人たちに台無しにされたくない」

「ある程度……」

「そう、ボクたちが住んでいるこの星には食べるのがやっとで清潔な水さえ飲めない人たちがいる。ボクたちは日本人だから滅多にそんなことは起こらない。いくら虐待されても社会から完全に孤立することも少ない。だからボクたちは出逢えた。だからその点では恵まれている」

「西君や磯江先生、日下部さんに出逢えて良かったよ」

「ボクもそう思うよ、河合君」

ぼくだけが乗る予定のバスを西君は待ってくれている。ぼくが寂しくないようにって。

「今日は誘ってくれてありがとう。西君は早く帰らなくて大丈夫なの？」

「大丈夫。もう少し話していていい？」

「もちろん」

「一番は先生みたいな大人がいることを河合君に知ってほしかった。芸術で人の心を打って、先生は謙遜《けんそん》していたけれども、あの家を建てられるくらいのお金は稼ぐことができるんだよ？」

日下部さんはあのアスパラガスを一人で全部食べるのかもしれない。ああいう人って思いもよらない一日を送っていたりするんだ、きっと。

「日下部さんみたいに絵を描くことだけで食べていける人はこの世界にどれくらいいるんだろう。西君はその中に入りたくないの？」

「どれくらい……。どうだろう、ボクもまだ分からないんだ。日下部先生は尊敬しているけれども、日下部先生みたいになりたいかどうか……」

「なれるものならなってみたいって言っていた」前に、確かに西君はそう話してくれた。

「どこまで根気よくできるのかが問題なんだ。芸術で食べていける人なんてほんの一握りで多くの人は一円も稼げないまま挫折《ざせつ》する」

「西君なら……でも納得できないんだね？」

「そう、ボクはボクが納得できる絵だけを描きたい。そうでないと感性が鈍ってしまうと思うんだ。できる限り絵を描くことだけは純粋さを保っていたい。すごくワガママに聞こえるかもしれないけれども、それが正直な気持ちなんだ。たとえご飯が食べられなくなるくらい頑張っても、寝る間も惜しんで頑張っても、それは売れるという絵ではない可能性が高い。描きたい絵と売れる絵は違う。内輪だけで喜んでいてはダメなんだ。先生もかなりの妥協をしていると思う。山を下りて似顔絵を描きに行ったり、お店の壁に商業的な絵を描いたりして生計を立てていることも事実なんだ」

「無理をしているんだね。あんなに人付き合いをしたくない人なのに」

「実は絵の収入でいつか先生を超えたい気持ちも頭の片隅にあるんだ。自分の描きたい絵だけ描いて、成功して、たくさん稼いでたくさん貯金する。そうすると、ずっと自分の描きたい絵が描ける。それどころかもっと他人におもねることなく、もう一段上の自由を手に入れて絵を描けるようになる。何かに強制されることもなく、売れなくても気にしなくなる」

「どこまで自分を信じていけるのか、だね」

「早く踏ん切りをつけないと手遅れになるかも」

同い年なのに、もうそんなことまで考えているなんて西君はやっぱり立派だと思った。踏ん切りをつける、それは中学の勉強のことなのかな。ぼくは西君に幸せになってほしい。それは本当に、踏ん切りをつける手伝いをすること、なんだろうか。

ふと、サンドイッチの味を思い出した。

「日下部さんのサンドイッチ美味しかったね。目がウルウルしていたのはどうしてだろう。美味しすぎると泣いちゃう人なの？」

「あぁ、それは先生が普段、肉をほとんど食べないからだよ」

「え、そうなの？　でも体とか大丈夫なの？」

「まぁ、食べた方がいいだろうけれども、そういう人って意外と多いみたいだよ。先生はボクたちに野菜だらけのサンドイッチを食べさせたくなかったんだろうね。気を使わせてしまったかな……店員にも、緊張してしまうんだ、先生は」

「ぼくもそういうことあるよ、気持ち分かるかも……」日下部さんがハムやベーコンを緊張しながら買うのを想像して、ちょっと申し訳ない気持ちになった。あと、ぼくたちに気を使って一緒に肉を食べてくれたんだ……。

「いい人なんだ。本当に」

「ごめんね、西君の言う通りだった」

「謝らなくていいよ」

「そういえば、化粧してなかったね。ぼくたちが子どもだったからかな。いつもそういう人なの?」

「いつもそう。先生は、そういう面では子どもとか大人とか関係ないと思う。ボクもまだ見たことがない。先生曰く、途轍《とてつ》もなくすごい日、にはするんだって。それがどんな日なのかボクにも教えてくれない。でもボクは全然変だとは思わない。だって大人の女性が化粧をしないといけないって誰がいつ決めたの? 女の顔はキャンバスなんだ。毎日女は少しだけ若い自画像をそこに描いている、ってパブロ・ピカソって人がいっていたらしい。先生にとって自分の顔はキャンバスではないだけなんだ」

「へぇ、ピカソってすごい人だよね。だってぼくだって名前は聞いたことあるから」

「確かにピカソは河合君がいうようにすごい人だけれども、ボクはピカソを真似ようと思ったことは一度もない。参考資料として本を何冊か持っているだけで。日下部先生も言っていたけれども、自分の絵は他人には決して描けないんだ。だって歩んできた人生もこれから歩んでいく人生も人それぞれ、違うでしょ? 極端な話、今日帰る時、右足から出すか、左足から出すかで、これから描く絵が全く変わるかもしれないんだ。バタフライ効果……風が吹けば桶屋が儲かる……とか聞いたことない?」

「うん、聞いたことないけど、すごくかっこいいね。……ぼくにも描けるかな」

「手がない人が口で描くこともある。物理的に描けなくなるまで自分が描こうと思えば絶対に描ける。河合君も、磯江先生も、もちろん例外じゃないよ」

磯江先生のあの猫の絵を思い出して吹き出してしまった。取り繕《つくろ》うように次の言葉を探して、ふいに柄にもない言葉が出た。

「日下部さんのことが好きなの?」

西君が固まっていることは確かなんだけど、夕日のせいで西君の顔が赤くなっているのか……表情すら判別できない。

「好きだよ」

「そうなんだ」

「尊敬もしている……河合君は、一番好きな人とか一番信頼してる人とかって……」西君がいつもより早く喋っている。

「水上先生が好きなんだ。あの……ぼくが初めて西君と会った時、いた先生。信用も尊敬もしている」

「そっか……」

たぶんぼくたちは汗だくだった。

「もうやめよう……」西君が言って、少し落ち着いた。

ただ好きで信用していて尊敬しているだけなんだ。一生ぼくは誰とも結婚したくない。西君はどうなんだろう。

無言が続いて、また息苦しくなりそうなところでバスが来てくれた。

「今日は楽しかった。ありがとう。また学校で……西君がしんどくなかったらね」

「こちらこそ。わかった。あと……案外、児童養護施設も悪くないところなんだ。片道じゃないよ。時間が経って、また血の繋がった家族の元へ戻る人もいるし、何回か往復して答えを見つけようとする人もいる。学校のパソコンとかでまた調べてみるといいよ」

「うん……分かった……じゃあ」

「じゃあ」

今日ぼくは『西君』って何回言っただろう。一日に人の名前をこんなに言ったのは間違いなく人生で初めてだった。そして今日ぼくは『河合君』って何回言われただろう。一日に人に名前をこんなに言われたのは間違いなく人生で初めてだった。

ぼくは磯江先生を助けたいんだ。そんな誇らしい気持ちで座席に着いた。振り向くと窓の外で西君が手を振っていて、それに振り返した。このバスを少し追ってくれる西君。

見えなくなっても、ぼくは振り向いた姿勢をしばらく保っていた。それが嬉しかった。

第二章

西《にし》　智行《ともゆき》

……………………かわいそうなのはだれですか。

きれいな鈴の音が鳴っています。

クロハゲワシは嬉しくてたまりませんでした。

「ボクの住んでいる世界はこんなにも素晴らしかったんだ」

クロハゲワシは銀縁メガネのテンプルを押え、やっと止まった木の上から緑の草原や青い湖を眺めていました。風に揺れる草の波、たまに跳ねる魚の影を見て新鮮な気持ちがしました。

「おい、やけに機嫌がいいな」クマタカがやってきました。クマタカは他鳥の幸せが大嫌いです。

「昨夜来ていた頭の良さそうなニンゲンの一人が落としていったらしいんだ。これを付けるとボクも君たちと同じように物が見えるらしい。これでようやくまともな狩りができるかもしれない。死肉以外も食べられるかもしれない」

クマタカは面白くありません。生まれつき目が見えにくい、このクロハゲワシをいじめることを一つの楽しみとしていたからです。

「ちょっと貸してみな」ぐいとメガネを奪い取ったクマタカはわざとテンプルを広げたり、ブリッジや鼻パッドをいじったりしました。

「やめてくれよ、ボクの大切な宝物なんだ。盗みは良くない」

「お前もニンゲンから盗んだんじゃないか。拾ったからといってお前のものになるはずはない。オレはお前と同じことをしているだけだ」

クロハゲワシは不安でいっぱいになりました。今にもメガネが壊れてしまいそうです。

「それ以上はやめてくれったら」

「おい、お前、嘘をつきやがったな。これを付けると頭がグラグラするじゃないか。気持ちが悪くなってきたぞ」

クマタカはクロハゲワシの羽や肉、身体中を嘴《くちばし》で強くつつきました。

「痛い痛い、痛いったら、もうやめてくれ」

「さて、気晴らしに猪狩りでもしてくらぁ。そこで大人しくカッコいいオレの生き様を見ているんだな。まぁ、お前には一生無理な芸当だがな」

得意そうな顔をしたクマタカはメガネをひょいと枝に掛けると、猪のつがい目がけて颯爽《さっそう》と降下していきました。いつもならば一頭だけしかとらないクマタカですが、今日はクロハゲワシに見せつけてやりたいという思いがあったのでしょう。右足でオスを左足でメスをぐいと掴みました。

「あぁ、ボクにもあんな狩りができたらいいのに……。あいつの言ったようにボクには一生無理な話なんだろうな」

クロハゲワシが狩りの様子を見るのをやめて、枝に掛かっているメガネをどこに隠そうかと考えたその時です。

「あぁぁぁぁぁっっ！」クマタカの叫び声が響きました。

猪が空中で左右に逃げようとしたのです。クマタカの股は今にも裂けてしまいそうです。それでもクマタカはプライドの高い鳥ですから、意地になって放そうとしません。

クロハゲワシはいい気味だと思って、調子に乗りました。ここぞとばかりにクマタカを挑発したのです。

「おうい、カッコいいところを早く見せておくれよぉ」

クマタカは頭に来たらしく爪をさらに深く差し込みました。しかし空中で、もがき苦しんでいます。

クロハゲワシはおかしくてたまりませんでした。こんなに楽しいことはそうそうないぞ、と思いました。

「うぅぅっ……助けてく……いや、まだまだこれからだ」

もう猪の方が元気なようです。クマタカは鋭い目をさらに鋭くさせて嘴を食いしばっています。

「はははははっ、今日は全然ダメじゃないか。もうそこら辺にしといたらどうだい？」

ついにクマタカの股は裂け、地面に落ちて土埃を立てました。つがいの猪は血を垂らしながら必死に逃げていきます。

「こりゃ見ものだったな。愉快愉快」クロハゲワシは急いで木から下りて動かなくなったクマタカの元へ向かいました。

クマタカは死んでいました。鋭かった目は閉じられ、嘴は開いて、血もたくさん出ていました。

「いやぁ、間抜けな顔だな。今日はいい日だな」しばらく眺めて満足したクロハゲワシはクマタカの肉を食べました。

クロハゲワシはこのことを仲のいいヨタカに話そうと思い、ヨタカの巣へ行きました。

「今日はいい話があるんだ。クマタカのやつ、猪を両足で掴んで股が裂けて死にやがった。ボクはそれを見物していたんだ」

「あぁ……眠い眠い……ん！　それは本当か？　もし本当ならば、これほど愉快な話はないぞ？　でもお前のことだから、ぼやっと見えていただけなのだろう？」

「もう一ついい話。これを付けてみな」クロハゲワシはヨタカにメガネを掛けさせようとしました。しかしヨタカは小さいので一つのレンズで顔がおさまります。

「ん？　クラクラして気分が悪いぞ？　なんだこりゃ」

「クマタカと同じことを言っているなぁ。なぜだろう。もしかしたら目が見えにくいとよく見え、目がいいと見えなくなる代物なのかもしれないな」

「そうなのかもな」

「それよりどうだい。最近の景気は」

「まぁ、ぼちぼちかな」

「なんだなんだ、えらく良さそうじゃないか」

「宮沢賢治先生に有名にしてもらったからな」

「羨ましいなぁ。ボクも金子みすゞ先生か長谷川雅人先生あたりに有名にしてもらいたいもんだ」

クロハゲワシは段々と面白くなくなりアライグマのところへ行くことにしました。

アライグマは湖で餌《えさ》を探していました。

「やあ、誰だいキミは」

「クロハゲワシさ」

「おぉ、目の悪い友よ」

クロハゲワシはメガネをよく知りたいと思い、アライグマにメガネを掛けさせました。

「おぉ、友よ、友の顔がよく見えるぞ！　いやぁ、たまげたなぁ」

「そうかいそうかい、欲しいかい？」

「いや、これは友のだろ？　そうでないにしても別にいいかなぁ、僕は今の生活も悪くないと思っているのだよ」

「そうか。つまらないなぁ」

「ん？　友、どうした？」

「もっと羨ましがれよ」

「羨ましくないのだから羨ましくないのだ」アライグマはポカンとしていました。

　クロハゲワシは段々と面白くなくなり、苦虫のところへ行くことにしました。

「おい、苦虫、今からお前を食ってやる」

「そりゃ、やめた方がいいですぜ旦那」

「なんだって？　恐れているのだな。なにせハゲワシと虫では力の差がありすぎるからな」

「いえいえ、忠告しているのですよ。私は苦虫ですよ？　広辞苑になんと載っているのかご存知ですか。噛めばにがいだろうと想像される虫、ですよ？　明鏡国語辞典には、かんだら苦いだろうと思われる虫、とありました。食べてもあなたになんの得もない。私が苦しんで死ぬだけでしょう?」

「それでもいいのだよ、苦虫くん。今すごく誰かを殺してやりたい気持ちなのだ。ボクの憂さが晴れればそれでいいのだよ」

「そうですかい……残念です」

クロハゲワシは苦虫をひょいとくわえて、できるだけ苦虫が苦しむようにゆっくり咀嚼しました。なんと苦いことでしょう。こんなに苦いものがこの世に存在したのかと思うほどでした。クロハゲワシはこらえきれず今日食べたもの全てを嘔吐《おうと》しました。クマタカの血もたくさん混ざっていました。そして涙を流しました。

「あぁ、ボクは今日何をやっていたのだろう」

もう夜です。

フクロウがやってきました。フクロウはとても物知りだといわれています。いつも定規とコンパスを持っています。

「どうしたんじゃ? 泣いておるのか?」

「哀しくて、哀しくて、ボクはこれからどうしたらいいんだ……もう、いっそ消えてしまいたい……」

「大丈夫、とにかく、これからのことを考えるんじゃ……」

「これからのこと……？」

「まず、そうじゃな、ボランティアでも一緒にしてみないか」

フクロウはクロハゲワシに歩み寄ろうとしました。

「そう……考えて……おく……よ……」

「考えておく……か……。なら、大きなテーマパークに隠されたものごとを探しにいくというのは？」

「え……？」

取れないメガネを付けているクロハゲワシはメガネを足で握りつぶし、仲間のクロハゲワシのところへ帰っていきました。

きれいな鈴の音がどんどん大きくなっていきます。

めがねのないこのくろはげわしはただのめのわるいくろはげわしでした。

………………

……………………………エアコン、暖房の音。

…………少しのどが渇いて痛いけれども、これは風邪ではないと思う。

ボクはリモコンで部屋の明かりを点けた。

クロハゲワシはいない。

クロハゲワシが真っ黒ではないことをボクは知っている。

絵具の黒も水や他の絵具を加えれば、黒ではなくなる。

この部屋に黒いものはほとんどないし、ボクも黒いものを身に着けなくなった。

宮沢賢治は三十七歳で、その生涯を閉じた。この世界に多くの作品を残していったが、生前に発表されたものは数少ない。出版された著作に限っていえば、自費で送り出した詩集一冊と童話集一冊の二冊だけ。あの、雨ニモマケズも実は賢治の手帳に書いてあった言葉なのだ。

金子みすゞは二十六歳で、自殺したらしい。ボクもその年齢に近づいている。ボクは悔しくてたまらない。あぁ……どうして、どうして死ななければならなかったのだろう。本人も悔しかったはずだ。

長谷川雅人は……誰だっけ……？　なぜだろう、全く分からない。

次の絵本のことを気にしすぎて、夢の中であろうと創作をやめなかった。ソファーの肘《ひじ》掛《か》けにある、アイデアノートに残しておきたいという衝動《しょうどう》に駆《か》られ、また飛び起きて殴りかいていた。この明晰夢《めいせきむ》はありがたかった。作品のアイデアが夢から生まれることは多い。

そういえば、クロハゲワシとクマタカの生息地は重なっているのか、果たしてクロハゲワシは死肉を食べるのか。以前はこういったことを覚えていたのに、どうしても思い出せない。一応調べ直してみるけれども、現実と違っていたとしても今のところ変えない方針だ。整合性が取れていなくても関係ない。絵本の中はどこまでも自由なのだ。現実の世界と同じように。

逃げてもいいし、逃げなくてもいい。逃げ方が分からないのなら誰かに聞いたり、調べたりすればいい。逃げられないのなら、逃げようとしてみてもいい。

読者に調べてもらうことの重要さも、創作物を世に放つ上では頭に入れておかなくては。この世の中、何でも調べられる時代だ。
ボクも常にアンテナを張っていたい。
子どもたちにとっては過激になり、たとえこのまま出版できないとしても
絶対的にかくことはできる。かきたければかいて、かきたくなければかかな
い。遠回りすることになったとしても、必ず次に繋がる。
そんなボクを重そうな二重瞼《まぶた》で見つめる恵は許してくれる。
「どんな夢を見たの……?」
「ん、ハゲワシとクマタカの夢」
「ともゆき先生、なんでその鳥なの……」半分馬鹿にして半分馬鹿にしてい
ない声だった。
「今のところ分からない。それよりベッドで寝ていなって言っただろ?」
「うん」半分納得していない目だったが隣の部屋へ向かう恵。
日付が変わった今日は三回目の結婚記念日だった。恵にとってもボクに
とっても特別な日であることに変わりはない。けれども特別な日に創作をや
めようなんて思わない。せっかくボクがソファーで寝ていたのに、恵はすぐ

横に枕と掛け布団だけ持ってきていたようだ。

子どもをつくるのは、まだ、と決めていた。今つくると創作に支障が出てしまい、ボクたちの生活のリズムが崩れるから。創作が落ち着くのはいつなのかボク自身も分からなかった。

キッチンに行って水道水を二口飲んで、恵の待つベッドに行った。

「結婚してくれてありがとう……。いつもワガママに応えてくれてありがとう」

恵はスヤスヤと眠っているように見えた。これは狸寝入りだ。こういうことは器用にするのだ。

大学で出逢って学生結婚した。思えば大学に通っていなかったら恵とは一生赤の他人のままだっただろうし、ボクの人生は大きく変わっていたことだろう。ボクは絵本を三冊出版することができ、今は恵の大きな支えで、こうやって生活できている。

右足から出しても左足から出しても幸せであると思いたい。

終わりのない旅を続けているボクは幸せだった。

恵の幸せはボクの幸せに内包されている。

ボクの幸せが恵の幸せに内包されているといいな。ボクは想像することはできる。

西恵《にしめぐみ》と西周《にしあまね》。どちらも二文字だ。誰かにとっては、意味のないことに見えるかもしれない。でも意味のないことなんて、この宇宙に存在しないことをボクは知っている。

ボクは絵本の中に世界をつくっている。そしてボクたちの世界より次元の高いところから何かがボクたちをみていて、その何かをみている何かもいる。

…………何かが教えてくれている。そんな気がするのだ。

100％の間違いもない。ただ、100％の間違いだと感じる心があるだけだ。

幸せの定義はただ一つ。自分が幸せだと思っているのか、どうか。

ボクは自分の聖書を自分でかいているのかもしれない。

今のところタイトルは『ハゲワシの孤ども』にしてと。

創作を脳にねじ込むことで、未来だけではなく過去のカタチも変えることができる。
　ボクはペンネームを持っている。『河森ともゆき』だ。

「また、養護学校、を、ズル休み、したんだって？」加藤卓也の言葉と声の調子には二つの悪意が含まれていた。このニュアンスをボクはいつも察知できる。けれどもこういうのは無視するに限る。大抵の子どもには継続力がないから、飽きてボクと関わらなくなるかボクの機嫌を取りにくる。それにしてもボクと同い年の新入り加藤は丸一か月もこうやって絡んでくる。このしつこさはある意味、才能だ。
　ペインティングナイフで、ベニヤ板に油絵具で描いていると、また加藤が寄ってきた。よほど暇なのだろう。

「昨日のアスパラガス、どこでもらったんだよ。……あ、そのバターナイフ、絵を描くために使うのかよ！　へぇ！　今度バターとかジャムとか塗るのに使わせてくれよ」

　日下部先生から貰った誕生日プレゼントを侮辱《ぶじょく》されるのはさすがに腹が立ったが、人間的に信頼している河合君が同じような発想を昨日、下山する時に口にしていたのを思い出して何とか自分の心を鎮《しず》めた。

「シケた小遣いでよくそんなもん買えるよな。どっかで盗んできたのかよ。あ、そのためによく抜け出してんだ！」

　極端にいえば殺したいくらい憎いけれども殺しはしない。ボクが損をするだけだから。そしてこれはいじめではない。ボクがいじめだと認識しなければいじめでは決してない。ただ、職員に告げ口されると厄介だ。加藤のいる前でこれから比較的高価な画材で制作をするのは極力避けようと思う。もちろん職員の前も然り。本当に盗みを疑われるかもしれないし、他の子にもあまり見せびらかすようなものではない。養護学校や日下部先生の家で使った方が賢明だ。

ボクは小一の時からこの駒垣学園にいる。

今、小六のボクが考えても両親からの虐待は凄まじかったと思う。蹴る殴る暴力というよりネグレクトで一生消えることのない心の傷を負った。いつの日からかボクの中では、両親は死んだということになっていた。この先ボクに里親が見つかろうが見つかるまいが両親はボクを助けてはくれないだろうし、そう考えた方が賢明だ。けれどもそんな痛みを抱えているのはボクだけではないと、ここにいれば毎日のように想像することができた。また未来《みらい》（中一）に絡んでいる加藤だって何かしらの傷があるのだろう。同じ部屋だからよく分かる。

施設では二歳から十八歳までの子ども約五十人が生活している。いつも職員たちはボクたちを見守ってくれている。男子寮、女子寮、幼児寮があり、主に児童指導員、保育士たちがボクたちを監視してくれてもいる。

基本的に、小六までは外出する時に職員が引率するというのがここのルールだった。登下校（養護学校へ通うのはボクと不愛想な中学部二年の木村さん、その二人だけ）も、買い物も、他の児童養護施設や学校の友達と会うのも、親や里親候補との接触（もっともボクは三年ほど前に優しそうな夫婦に一回会っただけ）もそうだった。ボクはよく日下部先生のところへ抜け出すので、職員の間では要注意人物に指定されていた。それでも何とか職員の目を掻い潜って抜け出すことはできた。施設に帰ってきた時や、たまに抜け出しに失敗して捕まった時にはすごい剣幕で叱られることもあるけれども、しょぼくれることはない。これからも抜け出すことは必至だ。昨日のアスパラガスについてボクは何も言わなかったけれども、栄養士の櫻井さんは『あら、また！』と言って茹でてくれた。食堂でみんなは美味しそうにそれを食べた。日下部先生はここの子どもたちの多くがアスパラガスを好物にしていると知っているから、たくさん畑で作ってくれている。

「卓也君！　加藤卓也君……。あなたはいったい何人いるの？　宿題してる人と話しちゃダメでしょ？　はい、未来さんに、ごめんなさい」

「悪かったな……」

「うん……」未来の目は潤んでいるのだろう。心が繊細で傷つきやすいのだ。

加藤が個別対応職員の小林さんに優しく手を引かれ連れられていく。その背中は注意されることに納得できないとか、もっと女子にちょっかいを出したいとか、三十二歳の大人の女性に手を引かれるのが不思議とか、そういう気持ちが綯《な》い交ぜになって、猫のようになっていた。いつか加藤も描いてみたい。

大きな声を出して遊びたい子は、一番大きなテレビやトランプなどの遊び道具が豊富な娯楽室に行けばいい。この学習室では大人しくしておかなければならない。さもないと大人たちによってこの部屋から強制退去させられてしまう。学校の宿題が終われば、パーテーションを挟んだスペースで静かに折り紙をしたり絵を描いたりする子がいる。その内の一人が今のボクだった。

加藤がいなくなり、未来は落ち着いたみたいだった。宿題を終えたようで、忙しくないだろうか、とパーテーションの横から窺っていたからボクは目で『来ていいよ』といった。パイプ椅子を持って、他の子たちの邪魔にならないよう細心の注意を払いながら細身の身体を持ってくる。

「智行……今大丈夫だったら、また、私の絵描いて」

「いいよ。この間みたいなのでしょ?」

「うん、この間のも……部屋に飾ったよ……」

「ありがとう。そう言葉に出してくれるとモチベーションになるよ。楽にして」

未来が前に回した震える手にはスケッチブックと2Bの鉛筆があった。

ボクが未来の両頬をひっぱって、肩を揉んで、腕をさすると、未来の呼吸は深くなっていった。

「描いていくね」

「分かった……腰から上くらいがいい」

稲森《いなもり》未来は二歳の時にここに来たらしい。一昨年までは母親と会っていたが、その機会はもうないだろう。詳しいことはボクの耳には入ってこないけれども職員を観察すれば、母親が自殺した可能性が高いように思う。ボクも断定はしたくない……。もともと精神がかなり不安定な人であったらしく、実の子と会う時にも取り乱すことが多かったらしい。面会では多くの制約があり、時間も他の親子より短かった。

切れ長の目、鼻は比較的低いが形は整っている。五年も毎日見ていれば極端な話、顔は見なくてもある程度のものは描ける。ただ一つ、最近ふくらんできた胸を描くのに苦労した。日下部先生やここの女性職員を描く時にも同じような難しさがあった。外面はいくらでも描けるけれども、その内部がどうなっているのかをよく知らなければ深みのある描写はできない。もちろんボクの胸はふくらんでいないし、パソコンで検索してみたら、よく分からない怪しいサイトなんかが出てきて不快だった。本屋にボクが不快にならなさそうな、そういう本があったとしても職員と一緒であるし、抜け出した時に買うにしても店員さんもボクに売っていいものかどうか迷うかもしれない。だからといって未来たちに『胸を見せて』なんて、とても言えない。

「汗出てるよ、智行、大丈夫?」

「あ、大丈夫……」

お気に入りのはずのパンダのキャラクターのアップリケが入ったハンカチでボクの額を拭《ぬぐ》ってくれる。軽く当たった指はひんやりしていた。

常々未来は、またお母さんに会えるから、と言って里親探しを希望しなかった。おそらく何らかの異変が起きているということは察しているが。未来はボクみたいに脱走しないし加藤みたいに周りに迷惑をかけることのない二重丸のいい子だから、里親を希望すればいつでもここを出ていけるのにそうしない。

「大切にするね、智行ありがとう」じっくり見たあと、胸の前でスケッチブックを仰々《ぎょうぎょう》しく抱える未来を見ていて、ボクは絵描き冥利《みょうり》に尽きると思った。

ボクは画材が何であれ、どんなに身体や心が疲れていようとも絵を描くという行為で手を抜いたことは一度もない。食欲、性欲、睡眠欲、排泄《はいせつ》欲などどうでもよくなるくらい、のめり込んで息をするのも忘れるほどだった。よって作品が仕上がった直後にトイレに直行するということも少なくないのだ。

今もそうだ。

「智行俺も描いて！」と英哉（小六）。

「ともゆきあたしも……」と彩（小四）。

「智行ぼくも！」と貝ちゃん（貝塚、小五）。

「次はオレだって言ってただろ？　英哉は昨日も描いてもらっただろ。絶対オレが一番！」とマッスー（増崎、高一）。

部屋に職員がいなかったからボクを囲む円ができた。みんなノートを御朱《ごしゅ》印《いん》帳みたいに差し出している。絵を描くのが好きな彩はお小遣いで買った、まだビニールのかかっている十二色クレヨンを持ってボクを見上げる。

「ちょっと、トイレ行かせて……あと、みんな宿題終わったの？」

「「「うん……」」」みんなの顔が暗くなる。絶対終わっていない。

基本的に学校から出されている宿題が終わらないと遊んではいけない。かくいうボクは、磯江先生から出された一週間分の宿題を終わらせていた。小学校の勉強は全て簡単で小六の教科用図書の最後の方まで見てみたけれども、どの教科もできそうだった。さすがに中学に上がればこの調子ではいかないだろうが……。ただ、今のところ学校の勉強にあまり力を注がなくていいというのは、死んだことにした両親にある程度は感謝しなくてはならない点なのかもしれない……。

部屋を出て、トイレに向かう途中の廊下の壁にもセロハンテープや押しピンで固定されたボクの絵がある。彩や他の子のもあるけれども、ほとんどはボクのだ。この施設の人々のクロッキーだった。みんなには写実性のある絵を求められた。やはり抽象的なものは、なかなか分かってもらえない。抽象画を描く時にはこちらから頼みにいかなくてはならなかった。描き終わって、大概は苦笑いか何それという感じでそれ以上はなかった。抽象画を描く上で、前もって写実的な絵を描くことはボクにとって絶対的に必要なことだった。写実性のある絵に限っていえば……苦しみながら描いているわけではないし、むしろ好きだった。ただ、漠然とではあるけれどもゴールではないような気がしていた。要するにゴールというものがあるとすれば抽象画を描いている時に見つかるものだと感じていた。

ある程度、納得がいった抽象画の場合、本当はその全てを額縁に入れて保存しておきたい気持ちがあるけれども、そんな金銭的余裕はない。クリアファイルなどを重ねるなどして保存しておくのがやっとだった。

学習室とトイレの中間地点には一つだけ銀色の立派な額縁に入った油絵が壁に掛けてあった。ボクは小三の春、その絵がこの施設に来た日から毎日少なくとも十五分間は眺めることを習慣にしていた。

F20号（727㎜×606㎜）、その人物画のモデルは三年と少し前に体調を崩して、ここにもう来なくなった職業指導員の岩本さんだった。ボクが小一で入所した時から変わらない優しさで接してくれたおじさんだった。けれども絵の中の岩本さんは若くて、トレードマークだった口髭も生えていなくて、お兄さんという感じだった。なぜ若いのか、初めて見た時は不思議だった。

ボクが本格的に絵を始めるきっかけになったこの絵の作者は、この施設に二歳から十八歳までいたらしい。岩本さんが退職するのに合わせてこの絵を施設に寄贈した。

なぜそのタイミングだったのか、ボクは本人から直接聞いたことがある。理由は二つ。一つは子どもたちや職員たちが岩本さんを忘れないように。もう一つはこの施設に岩本さんの分身を置いておきたい作者の強い思いがあったから。

ボクは小三の春この絵と出逢い、小三の秋に駒垣養護学校へ転校する決意を固め、磯江先生と出逢った。作者もこの養護学校出身だった。

施設に入ってから約二年間、ボクに一番良くしてくれていた坂口さん（思い返せば磯江先生に雰囲気が似ていた）という男の人がいた。その人が十八歳でこの施設を出ていく時、涙が止まらなかった。ずっと『坂口さんはなぜここを出ていかなくてはいけないの』と泣いては職員を困らせていた。お別れ会も全然楽しくなくて、ボクだけがおやつも食べず不愛想に俯いていた。坂口さんにもう会えないかもしれない、ボクも坂口さんのように里親が見つからず十八歳で施設を出て独立しなければならないかもしれない。不安が胸に充満して息苦しかった。坂口さんは最後まで里親探しをしていたけれども結局見つからなかった。いまだに納得できない。あんないい人に見つからないのなら……なんて酷な世の中だと思った。

そんな時、この絵に出逢った。ボクの目の前にいるのは確かに岩本さんであり、不思議なことに、あの時のボクそのものだった。あの不安もそれからの不安も冷静に頭の中で再生することができた。

目立たないけれども絵の左下にはサインがあった。

『H・K』

「遅いよ！　……オレ宿題終わったよん」いち早くマッスーがボクを捕まえる。

「その次俺ね」英哉は小二までボクと同じクラスだった。養護学校にボクが通うことを伝えると最初の方は不思議がっていたけれども、今はもう慣れて特に気にしていないみたいだった。

貝ちゃんが彩に勉強を教えている。

彩は算数が苦手で、小四だけれども九九は二の段からどうしてもできないらしかった。ここで生活していること（通学路ですぐばれる）と学年で一番背が低いことが原因で、学校では一時期いじめられていた。そのことにいち早く気付いた貝ちゃんがいじめっ子たちを言い伏せ、今でも彩のクラスを監視しにいっているらしい。

彩はボクの方をちらちら見て、テーブルの下で足をバタバタさせて泣きそうな顔になっている。宿題を終えるのが遅い分、それに付き添う貝ちゃんもろともモデルの順番はいつも最後の方になってしまうのだ。

「今日は彩と貝ちゃんから描きたい気分だから、全員の宿題が終わってから描くことにする。大人げないマッスーが最後ね」

「「えぇ！・」」マッスーと英哉が口を尖らせる。

でも、みんな分かっているのだ。みんな優しい人間だ。

マッスーと英哉が彩に勉強を教え始めた。

ボクは嬉しかった。こんなにたくさんの友がいることが。ネグレクトなどがなければここに来てみんなに出逢うこともなかったし、養護学校で磯江先生や河合君と出逢うこともなかった。日下部先生の絵をどこか、例えば町の片隅で見ても、関心を持たなかっただろう。少し複雑ではあるけれども、そうなのだ。

自信のなかった過去の自分に絵という武器ができたことで、施設では結構人気者になることができた。ボクの絵を求めてくれる人がいるのはやはり大きな生きがいとなっている。

「智行また抜け出すんだろ？・　賢そうな顔してよくやるぜ〜。惚れて通えば一里も千里ってか？　今度オレを一緒に連れてってって彼女紹介してくれよ」

マッスーが健闘を称《たた》えるといったようにボクの肩に手を置く。

「彼女じゃないって言っているだろ。何回言えばいいんだよ。それから千里も一里ね」

「せん、り、もい……ほら、ムキになるなよ。素直じゃないな～」

ボクが脱走していることは、もちろんこの施設では周知の事実だった。マッスーはしつこいけれども核心を突くようなことは聞いてこない。マッスーだけではなく他のみんなも、なぜボクが脱走するのか興味があるようだった。時には小さい子の悪気のない一言で核心に迫られることもあるけれども、日下部先生のところに行っていることは内緒にして適当な嘘をついた。

「今日のは体育館かトイレに飾ろうよ。そういえば、そこだけ智行の絵がないじゃん」と英哉。

「嬉しいけれども、さすがにそれはダメでしょ……」

「脱走よりは随分マシだって」マッスーがニヤリと笑う。

寮の部屋や廊下、食堂にもボクの絵はたくさんあった。この施設の人で描いていないのは加藤と他五、六人程度だ。

物心がついた頃からボクは絵を好んで描いていた。父親の書斎にあるA4の紙をこっそり抜き取って、鉛筆を使って魚や鳥などの絵を描いた（父親は、気色悪い、と言って作品を全て燃やしてしまったが）。ボクがなぜそういう思考の人間になったのかは分からない。近い血の繋がった誰かがそうだったという話も聞いたことがない。

あれだけ好きだった絵を、小一の春から日下部先生の絵を見た小三の春までの二年間、封印していたのだ。封印には（封印させられたといった方が的を射ているかもしれないが）二つの出来事が関係してくる。

一つは母親にアイデアノートを捨てられたことだ。この出来事は直接のきっかけというより二つ目の出来事の引き金になったといった方がいいのかもしれない。

父親はボクにスポーツをさせたがった。運動神経がいい人間を育成する幼稚園に放り込まれたボクは父親のご期待には応えられなかった。みんなと同じようにできなかったのではなく、したくなかったのだ。集団行動が嫌で堪《たま》らなかったし、成績が悪いわけでもないのに体操や水泳などをしてもなぜか楽しくなくて、年中組の中頃になると休みがちになった。無理やり連れていかれたが、家が近かったこともあり、勝手に脱走して帰宅した。家で絵を描くだけのボクを見つけるたびに父親はボクを叱責《しっせき》した。

『なぜ、みんなと同じようにできないんだ！』

分からなかった。なぜ、みんなと同じようにできないのだろう。悩み苦しんだ挙句、やはり絵を描いた。みんなと同じようにできない不安、それによる漠然とした将来への不安をアウトプットする術として創作は非常に便利だった。何より生きている感じがした。一応自分なりの作品として体裁が整うと、嬉しくなって部屋中を跳びまわっていた。ボクを助けてくれるお守りになるような気がして、その記憶がどんどん増えていくことが嬉しくて仕方がなかったのだ。ボクのボクによるボクのための創作だった。マグロが泳ぎ続けなければ死んでしまうように、毎日を過ごす上で楽なポイントを一つ一つ見つけていかなければ精神が崩壊《ほうかい》すると、幼心にも感じていたのだった。見つける方法はやはり絵を描くしかなかった。お守りをベースとして、その上でポイントを見つけては、また次の一日を生きた。

年長組の夏のある日、母親にアイデアノート（重ねたＡ４の紙を折ってステープラーで止めたもの）を可燃ゴミとして出された。

『ゴミとして出したわよ。出しっぱなしだったから』

捨てられては困ると毎夜寝る前、布団の下に隠していた（潜在意識として描いた絵も保存しておきたかったのだろうが、描くたびに父親に燃やされるため、それが普通だと植え付けられていた）のに、たった一回のミスによって、目敏《めざと》い母親に見つかってしまったのだ。細心の注意を払っていたつもりが前夜だけは枕元にあった（らしい）。アイデアがドバドバと出てきて、嬉しくて、かき殴って疲れて、まだかきたいという精神に追いつかなかった身体が、至って正常な生理現象を起こしたのだった。数瞬《すうしゅん》、目の前が真っ黒になって頭の中は真っ白になった。急いでゴミ集積所に向かった。が、もうそこにはなかった。『未来１』、『未来２』……と名前の付いたフォルダー、それが一つずつ消えていくような気がした。収集車を探すがもういない。最後まで望みを捨てず、処理場にいくという無謀すぎるアイデアが思いつかなかったその時のボクは、トボトボと家路についたのだった。ショックを母親にぶつけるということはしなかった。大人の中でも弁が立つ母親に幼稚園児が勝てるとは思えなくて最初から諦めていた。

　ぷっつりと切れて絡まり、元に戻るはずはないと一度は諦めた創造的思考の糸は一週間もすれば再び縒《よ》りを戻し、新しい創作を始めた。捨てられたという怒りを絵にぶつけたのだ。苦しみから生まれるアイデアの味を知った。できるものなら、なんでもかんでも糧《かて》にしてやろうと思った（その時は糧という言葉は知らないから名前を付けることのできない漠然としたものだったが）。自分でいうのも何だが出来上がった絵は素晴らしかった。『グチャグチャ』と表現されてもおかしくないだろうが、ボク自身には両親の顔の曲線や濃さ、その一つ一つの意味をきちんと理解できた。確かに憎しみがこめられた鉛筆の暗色は胸がすくような気持ちがした。結婚記念日にそれを二人にプレゼントして、父親に初めて殴られたが非常に心地よかった。今でもその感覚を取り戻して描いてみたいけれども、それに近いものすら描くことはできないだろう。その感覚は決して『今』には戻らないものであり、こうやって思い出して確実に留めておきたい欲があるにもかかわらず、少しずつ確実に記憶は削られていってしまう。

二つの出来事の内のもう一つは、以前通っていた小学校でのことだった。幼稚園に行かなくなったボクのことを両親は少しずつ無視するようになっていった。弟が生まれ（名前は確かアキラだった）母がそちらの方に付きっ切りになった頃には、ボクが何を話しかけても『うん』としか返ってこなくなっていた。

ボクはまともに食事を与えられず、夜中にお腹が空けば台所に行って、流し台の三角コーナーやゴミ箱を漁り、残飯などを食べた。そこにはアキラが最近食べ始めた離乳食も含まれていた。お腹が痛くなることもあったが、病院には行けなかった。服も買ってもらえなくなったから、どんどん大きくなるボクの身体は締め付けられていった。

子どもをどうしてもエリートにしたい父親とその教育方針に忠実に従う母親は完全にボクに見切りをつけていた。

年長組の終わり頃どうしてもお腹が痛くなったボクは、成長の早いアキラがハイハイするようになった、と機嫌のよさそうな母親の目を盗んで家を飛び出し、幼稚園に助けを求めた。

お腹をさすりながら、走った。

靴が窮屈《きゅうくつ》で、痛くて、途中で脱ぎ捨てた。

息を切らして、駆け抜けた道。

一度も振り返らなかった。

久しぶりに園に来たボクを年中組の時の女の担任の先生は、これ以上開けることができないくらい大きな目で見た。

『西君、早く病院に行かなくちゃ！』

ボクは、動物の本能で言った。

『めろんぱんたべたいです……』と。

病院内の売店で買ってもらったメロンパンを果汁１００％のパインジュースで思い切り流し込んだ。

あぁ……おいしい……。

涙が出ていた。

お腹の痛みが少しだけ和らいだ気がした。

あんなに美味しいものは食べたことがないし、これから食べることもないのだろう。

それから家に戻ることはなかった。

小学校に入学するのと同時に駒垣学園に入った。家での生活とは比べ物にならないくらいあたたかなものだった。決まった時間に食事が出され、身の丈に合った服を支給され、毎日風呂に入ることができた。少額だが小遣いを貰えることには驚いた。週に三日ほどは学校に通えた。

小一の春。学校の図工の時間、『音楽を聴いて自由に絵を描きましょう』という課題が出た。教科用図書には参考にすべき資料が（文章以外は）何も載っておらず、これにはワクワクせずにはいられなかった。元来ボクは縛られずに絵を描くことが得意だったから。音楽を聴きながら描くという制約はあるにせよ、モチベーションを高く保ちながらエドヴァルド・グリーグの『朝』を描いた（あとから思い返してみると確かにそうだった）。水彩筆の運びの速さは他の子を圧倒していたと自負している。他の子が画用紙一枚に描く間にボクは六枚も描いた。六枚とも暗色で塗りつぶし、ボクは有頂天になった。

特に六枚目が惚れ惚れするほど良かった。なんて素晴らしい作品なのだろう、もちろんボクを含めて誰にも二度と描くことはできない、と。

『紙と絵具の無駄遣いはやめなさい。あと、これは不気味です。不気味って分かるかな？　気持ち悪いってことです。僕はキミの将来が心配です。サイコパス。まぁキミには分からないだろうから少し違うけれど犯罪者予備軍……とでも言えば分かるかな。悪い人たちですね。そういう人たちがこういう絵を描いているのを実際に見たことがあります。僕はキミにそうなってほしくないなぁ。特にキミは施設にね……分かるでしょ？』

提出した六枚の作品は重ねられ大きな手でクシャクシャに丸められた。こいつに褒められるとは思っていなかったが、ここまでされるなんて想像はしていなかった。

担任というものは子どもの個性を具体的な、自分にはっきりと分かるカタチ、として掌握していたいものなのだろうか。磯江先生や幼稚園の先生は別としても、その考えはいまだに持っている。確かに、何をしでかすか分からない子どもは担任という立場上、恐るべき存在なのかもしれない。けれども、他人の作品に無断で手を加える権利は決してない。屈辱だった。

『とりあえず僕が手本を見せますから……』六枚目の作品が広げられ、裏に担任の絵筆が触れた瞬間、ボクは大人の胸倉を掴んでいた。

『黙れ！　このきたねぇ人間！』

ボクはそのまま担任をスツールから押し倒した。そこで初めて幼稚園児の時、無理やり叩きこまれた運動神経が役に立った。実際のところクラスメイトが声を出したのかは分からないが、それらの音はボクの耳に届かなかった。『オマエもボクをミクダすのかッ！』気付いたら、いつかの父親にされたように担任を殴っていた。馬乗りになって鼻を思い切り二発。

不意を突かれなければ二十代の男の身体能力は圧倒的だった。ボクは仰向けにされ、手足を押さえつけられた。大きな膝がボクの太ももに、めり込んだ。この痛みなど、先ほどの痛みに比べれば大したものではない。白目勝ちになった担任もボクと同じようにする素振りを見せたが、ボクは殴られなかった。担任の鼻血はボクの頬にポタポタと落ちて、ワックスをかけて間もない春の教室の床に流れた。その臭いは今でも鮮明に思い出せる。

一つポンッと手を叩いた担任が言った。

『さぁ、皆さん。僕は西君に酷いことされちゃって血が出たからトイレに行ってきます。酷いことをされたけれど僕は西君を許そうと思います。だからこのことは誰にも言ってはいけません。西君を守るため約束してください』口の前で人差し指を立てる。いかにも自分が正しい人間であると、子どもに丁寧に植え付けるように。

ボクは担任に無理やり手を引かれトイレに連れていかれた。

『おい、マセガキ、何様のつもりだ。親も親だが、子も子だな。こりゃ、ホント殺人でもするんだろうな。なあ、聞いてるか不良品。ホントは思いっきり殴りてぇんだよ』

ボクは無視して顔を洗った。頭の中の大半は死んでいった六枚目の絵のことで占められていた。が、数分後には人間を一人殴ってしまったという記憶に変わり、固定された。ボクが身体的暴力で何かを解決しようとしたことは初めてだったし、その事実が信じられなかった。何よりボクに父親の血が流れているという、当たり前、を思い出して失望した。

その日は早退などせず担任を観察した。見た目はいつも通りの担任だった。もとい、鼻以外は。

一学期、二学期、三学期、担任がつけたボクの通知表はオールBだった。そう、図工もB。

参観日に施設の職員が来た時も、担任はボクを普通の児童だと言った。違和感は募り、徐々に学校に通えなくなり、週に一度ほどしか顔を見せなくなった。いじめなどにあってはいなかったけれども学校に居場所がなかった。

二年生になって担任が別の人間に変わったが、ボクの図工嫌いは変わらなかった。

小三の春にあの日下部先生の絵と出逢うまで、ボクは無意識に大人に気に入られるような、いってみれば他のクラスメイトと同じような絵を描いていた。誰かと誰かの絵をよく観察して上手い具合に混ぜ合わせると、どの大人も喜んだ。いくつかのコンクールで賞をとった。嬉しくなかった。

夏休みが明けて少し経った。河合君は夏休みの思い出を注意深くボクに話してくれた。おじいさん、おばあさんと一緒に海に行ってサビキで小アジを釣ったらしい。

ボクたちより二つ上の木村さん（中二）は、ボクより一年早くから養護学校に通っていた。学校でも施設でも『無口で表情も乏しい人』だと陰で言われている。ボクはこういう人こそ描いてみたいと思い、モデルになってほしい旨《むね》を登校時（徒歩だから時間は充分にあった）に伝えていた。施設では口を利いてくれないが、登校時にはなぜか一回だけ話を聞いてくれるのだ。いつも『嫌だけど』とドスの利いた男勝りの声で返されていたけれども、ようやく今日許しを得て、この昼休みに美術室に来てくれた。今まで何回頼んだことか。

「あんたにそんな友達いたんだ」それは、正式に養護学校の児童になって半年が過ぎた河合君を指していた。木村さんはボクと河合君が一緒にいることを学校行事などで知っているはずなのに、わざとそう言ったのだ。

「そんなって……」ボクは溜息まじりに言った。

「あ、ごめん」初めて謝ったところを見た。表情はまるで変わっていないが。

「どうして来てくれたんですか」ボクは純粋な疑問をぶつけた。

「しつこいから早く終わらせようと思って」

「ありがとうございます」ボクは先輩の機嫌を損ねないように柔らかい口調で言った。

河合君は、声は出さないが、なぜか頭を下げてくれる。

「最近あんたら絵描いたりせず、なんかここで会議してんじゃん。美術室ってのに。何あれ」以前から勘のいい人だとは思っていたから、気付かぬ内に見られていたこと、についてはそこまで驚かなかった。それよりも、これだけ話すことができる人だったということ、に驚いていた。

「……秘密の会議なので言えません」河合君が怯えたような声を小さく出した。

「そっか、じゃあ、秘密の会議の秘密を教えてくれたら、モデルになってあげてもいいよ」

「……どうしよう。ぼくも西君に木村さんを描いてほしいし」こちらに哀しげな視線を送るボクの友達。

「信用できる人だから話してみよう。協力してくれるかもしれないし」信頼というのは正直分からなかった。ただ、安易に周囲へバラす人ではないと思った。そしておそらくバラす相手がいない。とりあえず機嫌を取っておいて、モデルになってもらう。

「信用なんかしてないでしょ？」木村さんは左の眉を少し上げた。

「してますよ！」

「分かるんだよ、あんたの言葉遣いでね」

「え？」

「ま、いいや、じゃあ、教えて」後輩を弄《もてあそ》ぶのを楽しんでいるみたいだった。

ほんの少し柔らかくなった口元がそれを物語っていた。

「磯江先生のことです」ボクの声は、ほんの少し震えていた。

「ああ……なるほどね」勘がいいからすぐに分かるみたいだ。

「……モデルになってくれますか？」とボクの友達。

「ちょっと待って、あんたら二人でどうしようっての？」

「ボクたちは今それを話し合っているところです。木村先輩も手伝ってくれるのですか？」

「いや……めんどくさい……」

「是非、ボクたちに先輩の意見を聞かせてください」

「だから面倒だって。よくそんな面倒なことするね」この先輩は磯江先生をいじめている一人ではない。

「何か少しでもいいので！」食い下がってみる。

「しつこいなあ、あたしに言えることはあいつらのことは嫌いってことだけだよ。だけどそれをあいつらに言おうなんてことは思わないし。あと大人を相手になんかしたくもないし。先輩から言わせてもらうとするならば、たぶん時間の無駄になるだろうからやめた方がいいよってことくらいかな」まだ馬鹿にしているみたいだけれども、少し本気になってくれた。あいつらとは同級生を含めた中学部の生徒のことだ。

「モデル……」河合君はとても律儀だ。それでずいぶん苦労もしてきたのだろう。

「はい。約束だからね。っていうかモデルって何？　裸になるわけ？」

　ボクたちの顔が赤くなるのが分かった。この人は明らかにからかっている。施設や学校でボクが描く、それを見たことは何回もあるはずだ。だけど、ボクの絵の成長のためにお願いします、とつい言ってしまいそうになった。いやいやいやいや、絶対にからかいだし、学校だし、河合君の教育上良くないし、断ることにする。

「ボクはヌードを描かないので」きっぱり言ったつもりだ。

「あ、そう。ディカプリオの出世作みたいに脱ごうと思ったのに。でもその方が賢明だね」２％ほどの哀しみが含まれていた。ボクはそれをしっかり捉えた。

「そこに座ってください」スツールを示す人差し指が思ったよりも震えていたことに驚いた。これほどまでにボクは緊張しているのか。

　木村さんは素直に従う。ボクの鼓動が速くなっている。抑えようとすればするほど逆効果のようだ。あえて部屋中に響くくらい大きな音を立てる深呼吸をした。

「コレ、外した方がいい？」

「いえ……どちらでも……いいです」

「珍しくあんたキョドってんね」

できるだけ慎重に先輩の両頬をひっぱって、肩を揉んで、腕をさすった。

色紙に柔らかい鉛筆で描いていく。どこから取り掛かればいいのか。時間はあまりない。

髪は性格とは正反対、この学校の中で一番明るい金色。鼻は大きくニンニクのようだった。口元はまたきつく結ばれている。耳は危険を素早く察知する小動物のように尖っていて、耳たぶは左右一つずつピアスの跡がある。ニキビとニキビ跡も忠実に描いていく。左目は鋭く、この間、図鑑で見たクマタカのようだった。それと合わせて熊鷹眼《くまたかまなこ》という言葉を覚えた。今まで描いてきた人たちの中でそれに一番当てはまりそうだった。右目は、なかった。白い眼帯を描いていく。

出来上がった自分のクロッキーをまじまじと見る木村さん。河合君は心配そうにボクと先輩を交互に見る。

ボクは小三の春、日下部先生の描いた岩本さんの絵と出逢った。それからしばらくして、秋、元気になったという岩本さんに会いに行った。元気になったというのに、その時の岩本さんはとても痩せていた。

『智行、今度一緒に養護学校へ行ってみないか？　木村の発表会があるんだ。朗読をするらしい』

人前で喋らない木村さんが朗読なんてできるわけないと思った。

「これ回収していい？」木村さんの口調は回収というより本当に欲しいみたいだ。

「はい、回収してください。モデルになってもらって、ありがとうございました」

なんだか不思議だった。体育館の壇上に一人立つ木村さん。児童生徒、先生、たくさんの保護者たち、施設の人たち、ボクの前で木村さんが緊張しながらも、嫌々ながらでも、宮沢賢治の雨ニモマケズを朗読していたことが。

『…………丈夫ナカラダヲモチ……え、と……慾《よく》ハナク……決シテ瞋《いか》ラズ、イツモシヅカニワラッテヰル…………』

静かだけれども、笑ってはいない。それでも毎日通っているらしい。なぜだろう。でもそれが、あの時のボクが養護学校の木村さんを見た感想だ。今の木村さんは微笑んでいた。的を射るためにあえて二重になるようないい方をすれば、微かに微笑んでいた。ボクと河合君の目の前で。

モナ・リザが見ている。

「いつか脱走してる訳も教えてね」一年中長袖の手首がチラリと見えた。リストカットの痕だろう。最近はしていないみたいだ。

「その時はまたモデルになってくれますか」

「気が向いたらね」

「はい、気が向いたらお願いします」

木村さんが絵の感想を直接的に言わないことくらいボクにだって分かる。そして、

「あんた、努力してる人間見分ける能力あるよ。あたしが保証する。でも、あたしは違うから、勘違いしないでね」

人の優しさを見抜く能力くらい持ち合わせている。

チャイムが鳴る。昼休みが終わった。

清掃の時間、放送委員の誰かが決めたハイテンションなアニメソングが流れ始める。河合君は知っているらしいがボクは疎くて、いくら話を聞いてもそれがどんなアニメなのか見当もつかない。


木村さんを描いて一か月が過ぎた。中学部の先輩たちは一様に冬服を暑がっていた。

昼休み、美術室での秘密の会議。河合君とこうやって向かい合って座るのは何回目だろう。プレコを一緒に見た回数とどちらが多いのだろう。

こうやって会議をしている間にも磯江先生はいじめられているかもしれない。どうすることもできないもどかしさと、冷静にならなくてはいけない思いに挟まれ苦しかった。きちんとした作戦を立てなければボクたちの行動が逆効果になりかねない。

助けたい思いは強いのに旗振り役になるべきボクの方が学校を休んでしま

うことが多くて、河合君には迷惑をかけている。心のしんどさがオーバーフローした時に学校を休むのだが、それでも絵は描き続けた。磯江先生を助けたい、けれども描くことはやめられない。決して怠けているわけではない。

ボクにとって毎日欠かさず絵を描くことは心のメンテナンスをすることでもある。多くの人に分かってもらえるようにいうと、どうだろう、虫歯にならないように毎日欠かさず歯を磨くように。しかし磨きすぎると歯茎を痛める。深みにはまりすぎるといわば大量出血だ。歯磨きでは例えられないのは、描けない時だ。描けないということは、ある意味ボクにとっては死刑宣告をされることよりも厳しいことだ。

他人からどう見えているのかは分からないが、ボクは精神が非常に不安定な人間だ。絵を描くことによって心のバランスを保っている一方、使命感のようなものに縛られすぎ、疲れ果てて、復帰するのに苦労することがある。人間が平均的にどの程度、どんなことで苦しんでいるのか、そういうことは分からないけれども現代日本人の中で大きく外れている部分がある認識はあって、それが原因だということは明白だった。

タイプは違えど、各々が抱える何かによって生きることすら困難な人たちがこの世の中にたくさんいるのだ。それは施設や養護学校に来れば、ボクでなくても大抵の人は分かるだろう。

「なんで西君は磯江先生を助けたいと思ったの？　そこまで強く」

なぜだろう。そこは極めて本能的だった。

「何度も同じような質問してごめんね」

「大丈夫。人は常に変わっていくものだから、その時々によって答えも違うと思うし、むしろそういうのはいいと思う」

そうだ、人間は細胞レベルで……いや、それよりもっと小さなところで常に変化し続けている。

「ぼく思ったんだけど、ぼくたちは似ているんじゃないかな。だから助けたい」

「確かにそれはあるかもね。人間であり、性別が男である。この世の中には性別というもの自体曖昧な人たちがいるけれども、それはひとまず置いておくとして、それだけでも共通点がある。しかも同じ空間で過ごす」

「それもあるんだけど、心で繋がっているというか、性別とかどうだっていい……関係ないんだ……。なんていうか、西君や日下部さんに絵を描いてもらってそう思ったんだ」

「ソウルメイトってやつかな」

「それ聞いたことある。ぼくたちはこれから、例えば新しい誰かと出逢って、新しい場所に住んで、新しい心境になったとしても繋がっていけるのかな」

河合君が深く考え込んでいる。未来をみているようだった。二つの意味で。

一つは河合君が今みているのであろう時間軸。曖昧な人生の進路のこと。ボクはこの養護学校の中学部に進学することを、ほぼ固めているけれども彼は違う。小学部卒業後、ボクのようにここに留まるのか、前の学校の人たちと同じ中学に通うのか迷っている。

もう一つは稲森未来と河合君の共通点のことだ。いつか未来が自分の『未来』という名前について悩んでいた時、ボクは言った。

『名前なんてものに縛られてはいけない』と。

縛られてはいけない、名前ということではないけれども、ボクにもそれはいえることなのだ。言葉を外に出した時、ボクはボク自身に向けても言っているような気がした。ここまで縛られる必要があるのか。精神的にも肉体的にも苦しむくらいなら逃げ出してもいいのではないか……。ただ逃げ出すことが怖かった。そのあとどうなるのか読めない不安を味わう時間が怖かった。一度やめてしまえばもう元に戻れないのではないのか、という不安。日下部先生の『岩本さんの絵』を信頼しきれていないのだとボクはガッカリした。

確かに名前なんてものはただの記号だとはいえない。特にいじめの原因になり得るものだ。物心がついた時には誰かに付けられているものだから、生まれながらの名前は自分で選択することはできないし、親の離婚などあれば変更も余儀《よぎ》なくされることがあるかもしれない。名前を変えたり変えなかったり、そういったことができることを知らない子どももいる。いずれにせよ本人たちにとっては極めて重要な事柄であるのだ。

『未来、クラスに河合君という人が入ってきてね、分かったんだ。前言撤回するよ。縛られるしかないんだね。河合君はね、かわいそう、って名前なんだ。けれども今、改名できるとしてもしないって言っていた。もう気にしないんだって。自分が自分じゃなくなるような気がするって。強いよね。未来はお母さんに付けてもらった名前だって言っていたよね。お母さんとの繋がりが切れてしまうような気がして怖いんだね』

『智行はどうして、私のこと、そこまで分かるの？　年上の私のこと』

『たぶんボクは大人になるしかなかったんだ』

アダルトチルドレンといわれる人たちがいるらしいけれども、ボクみたいな子どもたちはチルドレンアダルト……だろうか。いや、違うな。今度調べてみよう。

未来には河合君のことを言った。河合君には未来のことを言った。ただ単純に二人が好きだから、二人の名前が好きだから、励ましたかった。二人の未来を応援したかった。

『施設に未来っていう子がいるんだ。お母さんから付けられた名前に毎日苦しんでいてね。色々理由はあるんだけれどもね、未来なんて私にはもったいない、とも言っていた。それがプレッシャーだって。でもすごく優しくてね、ボクたちをいつも和ませてくれる。そんな未来がみんな大好きなんだ。ボクは未来が好きだから未来っていう名前も好きなんだよ。みらい、っていう言葉をどこかで見た時、聞いた時には未来を思い出してそれだけで嬉しくなる。だから河合君も安心する材料として覚えていてほしい。ボクは河合颯という名前が好きだ。かわいそう、っていう言葉に接した時、ボクは河合君を思い出し、穏やかな気持ちになったり、幸せな気持ちになったり、その本来の意味とは別のカタチとして持つことができるだろう』

「繋がっていけるよね。ぼくは西君からそれを学んだ」

「河合君いつもありがとう」

「こちらこそ、西君いつもありがとう」

ボクたちはよくこうやって感謝の気持ちを伝え合い握手をする。河合君の脳とボクの脳は繋がっていない。でも繋がっているみたいだった。

この養護学校の先生たちは直接、学校に通わないといけない、とは口に出さなかった。いつもボクたちを見守ってくれている、という風に柔らかい口調で『無理はしなくていい』とか『学校が全てじゃない』とか適当なことを言っていた。職員会議か何かで校長や教頭に厳しく指導されて言いたくても言えないのか。磯江先生をいじめるという行為がボクを、ボクたちを苦しめているこことに気付いていているのかは定かではないが、ボクが迷惑を被っているのは事実だ。本当に腹が立つ。河合君はそういう先生たちのことを『水上先生に似ているようで似ていないようなんだ』と言ったことがある。水上先生は以前彼が通っていた学校の養護教諭だ。三回しか会ったことがないから、しかも短時間しか接していないから、いい人なのか正直まだ分からない。河合君は心底信頼している様子で、ボクが何かを言える筋合いはない。ただ、「水上先生に助言を頼むことはできないのかな。この学校の先生ではないけれども、それだけ河合君が信頼しているのだし、日下部先生と違って人付き合いも得意そうだし」と言った。

「それはしたくないんだ。もう迷惑はかけたくない。ぼくたちが思っているより先生は忙しいんだ」河合君は成長した。最初は大好きな水上先生と手を繋いでいたのに。

「そっか、確かにそうだね。やめておこう」

「ありがとう。西君、今日の昼休み、そろそろどうかな」いや、最初から河合君は強かったのかもしれない。

「今日の昼休みって今だよ？」

「うん」

磯江先生を救いたいだとか、腹が立つ大人を言い負かして状況を変えてやろうだとか、これだけ偉《えら》そうなことをボクは考えて、なかなか実行しなかった。怖かったんだ、変化が、大人に対するボク自身が。ボクが混乱した時、何かをしでかすのではないかと毎日怯えていた。新島に対しても実は怯えていた。誰かに頼ることばかり考えて、日下部先生に必要以上に助けを求めたり、クラスに誰かが転入してくるのを待ってみたり、次はその誰かの信頼する人にすがろうとしてみたり。いい訳も多い。絵に関してもそうだ。ボクは本当に磯江先生を救いたいなんて思っているのか？　ただ、この日常に腹が立つから発散させたいというだけなのではないか。もうこんな自分はこりごりだ。河合君が背中を押した。ボクのチャンスかピンチか……。

「そうしよう。今、校長室に行く」

「了解」河合君は震える右手で敬礼した。神風特別攻撃隊のように。けれどもこんなこと今まで一度もしたことがないのに、少しふざけている。ふざけることによって緊張した心が緩和されることを知っているのか。それとも……

「ねえ……河合君……」

「なになに、西君」

「GHキュ…………」

「ん？」

「外国、行ったこと……ある？」

「ないんだ、一度も。西君は？」

「あるよ、一回だけ」

「そうなんだ！　いいなぁ……どこ？」

「うん……」

「ど、どうしたの？」

「外国……あ、アメリカ好き？」

「どうだろう、大人になったら一回くらいは行ってみたいかなぁ」

「そうなんだ……あ、そうだ、アメリカ産の肉は好き？　食べたことある？」

「あるよ、おじいちゃんとおばあちゃんと一緒に、この間ステーキを食べたよ。美味しかった……どうして？」

「それは、良かったね」

「え……？」

「水を差してごめん……」

「いいよ？」

「うん」

まさかね。

河合君が立ち上がり、ボクはボクの武器を持って、それに続いた。日下部先生から貰ったこの武器は普段、六年一組の教室にあったが、秘密の会議をする時には必ず持ってきていた。ついにそれを使うことになるかもしれない。

正直彼の背中を見ていると頼もしかった。ボク一人では中学部卒業まで……いや、卒業しても有耶無耶《うやむや》にしていたかもしれない。

この世界には、努力しているのに努力していないように見える人たちがいる。

何かができるできないは別として、努力している、しようとしている人間を西智行という人間は馬鹿にしていないよね。

していない。

そう、良かった。

じゃあ、西智行は誰を馬鹿にしているんだ。

誰だ。

努力できるのに、努力していない、しようとしない腰が重い人たち？

「ぼく、大人が怖かった。特に男の人が」

「それは親や前の担任が関係している」ボクの声は極めて平坦だった。

「うん。もし校長先生が男の人だったら、まだこんな勇気は出ないと思う。さっきは性別とかどうだっていいって言ったけど」

「河合君はボクよりずっと勇気があるよ」

「え……そんなこと絶対ないよ。ただ磯江先生や、もがく西君、この学校の人たちを見ていると、ぼくの世界が小さかったことに気付いたんだ」

「ボクがこの学校で一番信頼している大人を助けたい」

「ぼくも」

河合君が二回ノックすると笠松《かさまつ》校長の不意を突かれたというような、はっ、という音がした。

「「失礼します」」河合君の声が大きくてボクの声はきっと校長には届いていない。

「あら、何かしら」五十八年生きてきたその人のシワは消されて、白髪はばっちり黒く染められていた。この人、老いはそれなりに隠せているけれども、心はどうなのだろう。

「ぼくたち、先生にお話があるんですけど……」

「どうぞ、座って。お茶を淹れるから。そこのクッキーも食べていいわよ」

こうやって応接セットを使うのは、初めてこの学校に来た時以来だ。あの時よりボクは緊張している。

「昼休みがなくなってしまうので、もう本題に入ってもいいですか」できるだけ真剣な目になるよう努力して言った。

校長は手を止めてボクたちを交互に見たあと、また手を動かし始めた。

「こうやってあなたたちが来てくれるのって、なんだか新鮮でワクワクしちゃうわね。今日は掃除サボっちゃっていいわよ。あなたたち今日は音楽室担当だったかしら。あそこは目立たないから大丈夫」

おちゃめな校長を見てなんだか拍子抜けしてしまった。

「あなたたち美術室でよくお話をしているわね。今日はそのことかしら」

「「え、」」ボクたちは声を揃えて目を合わせる。

「いいえ、あなたたちのお姉さんから教えてもらったの」

木村さんだ。

「まぁゆっくりしていって。私、おしゃべり大好きなの」

校長が淹れたミルクティーは甘すぎた。このいかにも高そうな外国製のクッキーも。自分の舌で緊張がほぐれてきているのを感じ取る。

「磯江先生のことで」河合君が切り込む。

「磯江先生のこと好き?」校長は分かっているというような顔をした。

「「はい」」ボクたちの声は震えていない。

「私がここに来たのは三十代の時なの。今から三十年くらい前になるのかな。校舎も今よりピカピカでね、あなたたちがよく見ているプレコさんもいなかった。一度ここを離れて、校長として五年前に戻ってきたの。嬉しかった、この学校が大好きだから」

わざとらしい、テキトーな目だ。遠くをみているようだ。本当なのか。

「この学校を離れる最後の年の一月に、私は磯江先生と出会ったの。今と同じで賢い子だった。今と違うのは全く話さなかったこと。私はあの子と過ごした三学期、一度もあの子の声を聞かなかった。五年前にようやく聞けたの」

「今は緊張しながらでも話しているから成長している。だからもう大丈夫だっていうのですか」出してから気付いた。ボクの声は尖っている。

「けれど、彼の成長を止めてもいけないと思うの。自分と闘っている彼の成長を」わざとらしい、穏やかな声が返ってくる。何か腑に落ちない。

「ボクたちは今度道徳の時間に人権作文を書きます。それを利用して大々的にＰＴＡや教育委員会を巻き込んでやろう、なんて、この間まで思っていました。けれども二人で話し合って、それはやめようと決めました」

いつか施設で見たテレビドラマのようにはしたくないと思っていた。最終回の三分の二みたところで職員に見つかりチャンネルを変えられてしまったが、あのあとどうなったのだろう。

「ボクは地道に先生や先輩を説得していきます。学校に来ることができた日は一日二人を最低の目標として。笠松先生、あなたはどうですか。具体的にどうこの学校を良くしていきたいとお考えですか」

「お考えですか！」河合君も続くけれども、声が大きすぎたと感じたらしく、すぐに口を両手で押えた。

校長は驚いたように口を開けていた。沈黙があり、昼休みの終わりを告げるチャイムが鳴り、その余韻もなくなって、校長が言った。

「ありがとう……二人ともありがとう……」

この言葉にはどんな意味が込められているのだろう。ボクはまだ十二年しか生きていないから、その裏に隠された何かが見えない。大人になっても見えないものなのだろうか。

「笠松先生の絵を描かせてください」

ボクがベージュのショルダーバッグから画材を取り出すと、校長がゆっくり頷いた。


あの日、ボクは写実を飛ばした。

「……どうだった？」

「何ともいえないです。これから頑張っていくしか。まずはボクも河合君みたいにもっと学校に行けるようにならないと……」

ボクは絵を描かなければならないと、ボクたちの学校の長を描いた。もっと正確な言葉でいうと、描かざるを得なかった。この世界の全てが一瞬一瞬生まれ変わっていく。作者もモデルも例外はない。二度と同じ絵は描くことができない。するりと逃げた何かがあるとするならば、もうそれは戻らない。

「笠松先生とっても優しそう。西くんの絵はみんなのいいところを見つけるよね。それが途轍もなく暗くて絶望的なタッチでも」

F４号（３３３㎜×２４２㎜）

さっき金色の額縁に入れてもらった、ボクが描いた油絵。

ボクの作品に顔を近づけているこの人のことを、ボクはずっと信頼していたい。

「ボクはこの絵が好きではありません。人間の悪い感情もたくさん入っているみたいで、見ているだけで発狂しそうになります」

「これは確かに西くんが感じた笠松先生。わたしをその校長室に導いてくれるみたい。ただのテキトーな何かとは絶対的に違う」

「こんな鉛色の歪《ゆが》んだ顔で、何かドブ川の泥のようなものを掬《すく》おうとしているのか貪欲《どんよく》に掴もうとしているのか、よく分からないのですが、作者自身が分からないのであればこの作品に価値なんてないような気がするのです」

「自分の作品に価値がないなんて言ってはダメ。思ってもダメ」日下部先生の声が尖った。

「はい」

「今の心を、ずっと忘れないで……お願い……」

「……はい」

「わたしは、西くんが頑張っていると思うから……頑張りすぎないでね。自分を一番大切にね。わたしはどんなことがあっても、ずっと西くんの味方だからね。約束」

差し出された小指に自分の小指をひっかけた。

ボクはやっぱりこの人が好きなんだ。

もっと……もっと上手にいろんな絵を描けたなら……。

頭の中で『好き』となる直前を絵に落とし込むんだ。決して言葉にできない瞬間をつかまえてみたい。

『選ばれる者』とは誰だろう。

人がなぜ生まれるのか、分かったつもりでいた。恋と性を切り離して捉えていた。

芸術家として、ボクは子どもだった。

アドルフ・ヒトラーは絵で挫折した。そして、初恋の相手はユダヤ人だったという。

まだ日下部先生が上手く描けなかった。クロッキーやデッサン、スケッチは今まで何百枚も描かせてもらったけれども、納得できるようなもの、というには程遠かった。厳密にいえば鎖骨あたりから上は六割方納得できるものが描けたが、胸のふくらみは……やっぱり恥ずかしくて、得体の知れないもので、目を背《そむ》けたくって。

第三章

磯江洋介《いそえようすけ》

『差出人：西智行　宛先：磯江洋介
件名：同窓会の提案です
やはり居酒屋などは三人とも苦手かなと思い、静かないい感じの店を選びました。どうでしょうか。』

短い文章だけれど西君の気遣いを感じることができた。添付ファイルを開くと地図が出てくる。市内の店に赤い丸がしてある。分かりやすい。その店の内装を見ると確かに雰囲気が良く、価格も自分たちにとっては、いい感じ、だった。西君の奥さんは料理が得意で一度ごちそうになったけれど、あの味を知ったら外食なんてあまりしないのだろうな。西君は元々お店に出かけるようなタイプではないし、かなりこの店を探すのに苦労したのではないかな。
自分は自分のことを滅多に呼ばない。一人称を使わない話し方をするし、メールでも極力使わない（どうしても使わなければならない状況になれば自分という）。例えば『俺』とか『僕』なんて言ったら他人にどういう顔をされるのだろう、とかいまだに気になってしまう。だから強がって日記などには自分のことを偉そうだけれど俺とつけている。けれども、自分の頭の中にも浸透していないのだ。俺、と書かずに無意識に、自分、と書いてしまうこともある。今度西君と河合君に会うその時くらいは使ってみようかな。いやいや、やめよう。いくら二人でも、急に自分が『俺』なんて言ったらビックリするだろうから。

社会人になってから、悩みの種は尽きない。けれど悪いことばかりじゃなかった。多くの宝物も貰った。毎年春に二人に会うのは自分の楽しみになっている。腹を割って話すなんてこと、やっぱりできないけれど二人といると安心する。二人もお酒を飲める年齢になっていた。自分は飲まないだろうけれど。

今日の空は河合君のおじいさんの自動車くらい青かった。実際に自分は見比べている。

大きな風が吹く。一か月と少し経てば、中庭の桜の木がまた学校中に花を散らすだろう。

今年度、自分は西君と河合君に支えられてここまでやってこられた。濃密な時間だった。

四月の全校遠足、西君がお休みだと聞いて、自分はうろたえた。優しく河合君が手を引いてくれた。

五月の一泊二日の修学旅行、西君がお休みだと聞いて、河合君と『えーっ!』と声を合わせて残念がった。神社で手を合わせる河合君は何をお祈りしたのかな。自分は二人が幸せになるようにお祈りしておいた。西君、それから河合君のお母さんとおばあさんとおじいさんのお土産を、自分も一緒になって一生懸命選んだ。小六の子は中三の子より持っていけるお金が少なかったから、自分のポケットマネーをこっそり渡した。

六月のプール清掃、自分が派手に転んだ時も二人だけは嗤《わら》わなかった。

七月の開校記念祭、初めて三人で写真を撮った。自分は笑っているつもりだったのに現像された写真では笑っていなかった。それからもっと笑顔の練習をするようになった。

八月初旬の登校日、二人はもう宿題をほぼ終わらせていた。西君は、当たり前ですよ、と褒める隙も与えてくれなかった。それでも褒めてあげればよかった。

九月の運動会、自分は中二の木村さんと二人三脚をすることになった。小学部で一緒に過ごしていた時と同じように全く息が合わず、また派手に転んだ。木村さんは一人で走っていってしまった。木村さんと二人は嗤わなかった。

十月の学習発表会、二人は一緒に雨ニモマケズを朗読した。日下部さんと水上先生が泣いていた。

十一月の盲学校との交流会、二人は、やはり絵を描いていた。盲学校の子たちに、どういう絵なのか詳しく話していた。盲学校の子たちの笑顔は輝いていた。

十二月、日下部さんの家でクリスマスパーティーをした。珍しく西君は施設に許可をもらっていた。ややこしくて面倒なんですよ、と愚痴をこぼしていたが、終始笑顔だった。河合君はそんな西君を見て、成長したね、と言った。

一月のある日、河合君が小学部を卒業したら、おじいさんとおばあさんのいる遠くの町の中学校へ通うことに決めた、と言った。西君はその日ずっと元気がなかった。自分もだ。

二月のスキー教室、自分はまたしても派手に転んだ。自分を助けようとして二人も転んだ。冷たい雪の上……三人で笑った。あったかい気持ちになった。

今月の卒業生を送る会、二人は歌を歌った。自分は泣かなかった。我慢した。

「西君、絵、頑張ってね。ずっと応援しているからね。手紙書くからね」左胸に綺麗な花を付けてもらった河合君が泣いている。

「そんなに泣かなくても、二度と会えなくなるわけではないんだから。それに会おうと思えばすぐ会いに行ける距離だよ……でも、書くよ」西君の目も潤んでいる。このお洒落《しゃれ》な服はレンタルなのだそうだ。

あぁ、これが卒業式なんだ。自分がこの学校の卒業生だった時、仮病を使ってしまった。大勢の知らない人が来ることが怖かったという単純な理由だった。後日送られてきた卒業式の写真の左上には一人、自分がいた。日下部さんですら出席していたのに。

「ぼく、電車で会いに……」

「河合君、無理はしないでね。バスでもいいし、ボクが会いに行ってもいい」

河合君が頷く。

二人とも成長したね……。背が一年で五センチくらい伸びたかな。大きくなったね。身体だけじゃなく、心も。自分も成長しなければ。二人の手を借りなくても……。

「磯江先生ありがとうございました」河合君は礼儀正しくて律儀でいい子だった。頑張って休まず学校に来ることができたね。えらいえらい。

「こちらこそ……ありがとう」自分の声は小さい。

「小学部の先生だからボクの担任にはならないけれども、先生は来年もここですよね。中原君をよろしくお願いします」

「え……よく知っているね」

「笠松先生から聞きました。ほぼ決まっているって」西君が言う。

そう、人事異動はこの時期には決まっている。秋からこの学校に少しずつ顔を見せていた中原敬一という大人しい子の担任をすることも、ほぼ決まっていた。中原君が学校に来やすいように二学年上の二人が自分や新島先生にかかわって、いい雰囲気作りをしてくれていた。自分は二人に倣《なら》うべきことがたくさんある。

「担任の先生ではなくなるけれども、先生が学校にいてくれるとボクも安心できます。これからもよろしくお願いします」

「こちらこそ……よろしく」正直、中学部に大切な西君を盗られてしまう感覚だった。

人がたくさんいて緊張する。二人にちゃんと感謝の気持ちを伝えなければいけないと昨夜誓ったのに……こんなんじゃ……また自分に失望する…………。

「二人ともこんな頼りない担任でごめん。ありがとう……本当に二人に助けられた……二人がいなかったら、じ、自分は……自分はこの仕事をやめていたかもしれない。感謝してもしきれないよ……ほんとにほんとにありがとう……」それは極めて正直な自分だった。

二人に頭を下げる自分にたくさんの視線が突き刺さるのが分かった。晴天の光さえ痛々しかった。

顔を上げると、正面玄関前の『第四十七回　駒垣市立駒垣養護学校　卒業式』と書かれた看板の前で写真を撮っていた親子がこちらを見ていた。中学部三年の男子生徒は自分に会釈《えしゃく》した。自分もそれに返した。

「二人がいて良かった。本当に良かった。じ、自分も二人に負けないように頑張るから……」職場で……いや、人前で泣くのは初めてだ。

「ぼくたちも磯江先生に助けられたんですよ」

「磯江先生だからボクたちはこうやってこの日を迎えられたんです」

「じ、自分は二人の担任で良かったよ……」これが、教師冥利に尽きる、というやつなんだね。

今日もいつもと同じように時は流れて、この学校から人が三々五々に散っていく。

「さよなら」

「とりあえず、さようなら」

「……さようなら」

いつものように、自分たちは握手をしてお別れをした。

河合君はここに初めて来た時、水上先生と手を繋いでいた。今日は横を歩くだけだ。西君はここに初めて来た時、一切笑わない子で昔の自分を見ているようだった。今日は満面の笑みを浮かべている。自分は思う、二人でラッキーだった。これからはラッキーでは済まされないかもしれない。

西君の周りには施設の職員二人と日下部さんがいた。振り向く日下部さんの会釈に会釈で返す。化粧をした彼女を見るのは初めてだった。綺麗だった。このドギマギした動き方は自分と似ていて、子どもの頃と変わらないけれど、すっかり大人の女性になってしまったんだね。

自分はあの頃からどう変わった……。二人の教え子が周りの環境を変えてくれただけではないのか。

自分はこの学校を卒業後、高校、短大を卒業して、小学校の教員免許を取得した。それだけでも勤務できたが、特別支援学校教諭免許を取得することにした。子どもたちを救いたくて一生懸命勉強して養護学校の先生になったのに、毎日自分が傷つかないことに精一杯だった。

前の養護学校で上手くいかなくて、駒垣に帰ってくることが決まった時には喜んだ。もう嫌なことなど言われないで済むのだ、と。現実は甘くなかった。不器用な自分に対して職員たちは容赦なかった。『子どもたちのことをもっと考えて行動してください』まさしくその通りだった。中には優しく接してくれる先輩もいたが、社会人と学生は違うのだと、自分の認識の甘さを指摘された。養護学校出身なのだとカミングアウトすると『ならば、もっと子どもたちに寄り添えるはずだ』と返ってきた。生徒にも、良くない表現かもしれないがナメられた。ここで人を信用できるようになったのに、皮肉にもここで人を信用できなくなってしまった。いつしか『すみません』が自分の口癖になっていた。養護学校の子どもだったあの日の自分……職員室でカッコつけてコーヒーを相棒にするのが憧れだったけれど、余裕がなくてそんなことは忘れていた。

『こんな……何もできないのに、給料なんて貰っていいのでしょうか……』

そんなことを新島先生に言ってしまうまでに自分は落ち込んでいた。

『給料……ありがたく思わないと。この学校出身なんだって？　なんでこの仕事目指そうと思っちゃった？　ツラくなることくらい理解できただろ。コミュニケーション取れない人は絶対やっていけないよ。俺みたいにさ、面白い自虐とか言わないと子どもたちには好かれないんだよ。はぁ……オマエは真面目すぎなんだよな……うん、辞めるなら早い方がいい。まだ若いんだから間に合う』

知らなかった。子どもの自分の目にはいつも真面目に楽しそうに働いている先生たちが映っていた。大人の世界には、ましてや先生の世界には、いじめなんてないと勝手に思い込んでいた。いや、大人の世界では、わざと足を踏まれたり、頭をはたかれたり、お酒を一気飲みさせられたりすることは、いじめにはならないのだろうか。自分が勝手にいじめだと決めつけているのか。ただの忠告なのだろうか。混乱した。

『磯江先生、大丈夫ですか。しんどいようだったらいつでも休憩してください。ボクは絵を描けたら、それでいいんです』ある日、西君が言った。嬉しかった。

確実に年を取っていくのに成長できない自分がもどかしくて……二人からあの頃の面影を見つけようとして。

全ての人に養護学校出身だと胸を張っていいたかった。

『どこ中?』そう聞かれて遠くの町の学校を答えていた過去の自分に腹が立った。

この仕事を続けなくてはならない。続けたい。

中原君を救いたい。自分が救いたい。

自分を救いたい。

西君への返信の文章を考えているところで、またケータイが鳴った。

『差出人：河合颯　宛先：磯江洋介
件名：僕の大好きな駒垣に戻ってきます
来年度から駒垣養護学校の先生になります。教員初年度をここで迎えられることが嬉しいです。また同窓会でゆっくりお話ししたいです。』

そうか、この町に戻ってくるんだね。河合君と、どのくらい一緒に仕事ができるのか分からないけれど嬉しかった。
なんの話をしよう。小学部主事になった話をすれば偉そうかな。

あとがき

この小説が生まれた時、私は世界で最初にそれを喜びました。なぜならば、この小説の生みの親は私であるからです。

Ａ４の紙を半分に折って、それを重ねたアイデアノートに最初にボールペンを走らせたのが２０１４年８月10日。このお話のイメージが確かなものになったのは２０１５年８月14日のことです。そこから本格的にプロットをつくり、ＰＣのキーボードで河合君や西君、磯江先生を打ち込み始めたのは２０１７年12月20日のことでした。毎日お腹が痛くなり、ほとんど食べることができない苦しみが続きましたが、それでも創作をやめることはありませんでした。毎日もがき苦しみながら言葉を紡いでいき、最後の一行を書き終わったと思った時には『最高』といっていい喜びがありました。

しかし２０１８年１月31日にある程度の見直しが済んだところで私は満足してしまって、その我が子をＵＳＢメモリの中に監禁しました。『私だけの子だ、絶対に誰にも見せたくない』と。愛する我が子は『外の世界に出て早く遊びたい』といっているのに私はそれを許しませんでした。２０１９年10月９日まで。今考えると私は酷い親でした。

私はMr.Childrenの皆さんが大好きですが、ライブコンサートには一度も行ったことがありませんし、全曲をそらで歌えるわけでもありません。熱狂的なファンの方々からすると、いわゆる『にわか』になるでしょうか。

そんな私はある日、母と二人でドライブに出かけました。久しぶりにミスチル（こうお呼びしていいのか迷いましたが、こうお呼びすることにしました）の『ＨＥＲＯ』を聴きました。カーオーディオから流れてくる一つ一つの素敵な言葉を感じ取りながら『これは我が子の曲だ』と思いました。まだ私の創作物は世に出ていないのですからミスチルの桜井和寿さんは私の小説のことなど知っておられるはずはないのです。実際、私に子どもがいるわけでもないのです。……なのに、私の中で確かにそれは『我が子の曲』でした。とても不思議な感覚で、ツーッと涙が私の頬を伝って顎から下に落ちました。その日の夜、気付いたのです。この小説は誰かに届けなければならないのだと。
そこから寝る間も惜しんで、ほとんど食べることができないくらい頑張って、加筆修正をしました。この小説が大切な私の家族に届くように。この世界の誰かに届くように……。胸がドキドキしましたが、濃密で幸せな時間でした。そして我が子に、今まで本当にごめんね、いってらっしゃい、と外に送り出す時『あぁ……できた』と思いました。

私は小学四年の終わりから中学三年を卒業するまで養護学校に通いました。

最近、私は生まれた意味をまた一つ知りました。『この小説』をかくことです。

この小説は本当のようで本当ではない、ただの作り話です。でも確かにいえることは、この小説は私の宝物でありお守りなのです。

今、この小説を読んでくださっているあなたに、私からどうしても心を込めて伝えたいことがあります。伝えますね、言葉がするりと逃げてしまう前に。

最後まで我が子を読んでくださり、ほんとにほんとにありがとうございました。

２０２０年９月11日

小さな今井大賞とは

今井書店グループ今井印刷㈱が運営する、本づくりとクリエイティブの地域コミュニティ「小さな今井」が、二〇二〇年に新人クリエイターの発掘と、デジタル化の時代に紙の良さを発信したい目的に創設したのが「小さな今井大賞」です。小説大賞部門、U－30短編部門、写真集部門をもうけ、全国に向けて募集したところ、予想を超える数の応募をいただきました。この作品は、第一回の「小さな今井大賞」大賞受賞作です。

私たちは、これからも山陰の地から、時代に合った文化の創造・発信に努めてまいります。

小さな今井店長　古磯　宏樹

「孤どもたちへのクロッキー」選評

この小説には、どうしてもこれを書かねばならないという切実さと、読む者の胸倉をつかんで離さない強さがありました。粗削りな部分があり、全体の構成もうまくいっていないところがありますが、この作者にしか書けないと思わせる独特な文章は、「オリジナル」という点で他を抜きん出ていました。強者によるいじめ、親からのネグレクト——主人公たちが心の内を語る言葉には、痛みと共感をおぼえます。

作者自身も養護学校出身とのことで、そこでの体験がもとになっているのかもしれませんが、クロッキー（絵）というモチーフを使いながら、あくまでフィクションとして構築しようとした点も評価ポイントでした。不透明で理不尽なことの多い現代を生きる多くの人たち、とりわけ若い方たちに読んでほしい作品です。

小さな今井大賞 審査員　松本　薫

〈著者略歴〉
1993年　鳥取県米子市生まれ
2020年　第１回小さな今井大賞
　　　　小説の部　大賞受賞

孤どもたちへのクロッキー

2021年４月10日　初版第１刷

著　者　長谷川 雅人
題字・イラスト　伊吹 春香
発　行　今井印刷株式会社
発　売　小さな今井
印　刷　今井印刷株式会社

ISBN 978-4-86611-238-1

不良品（落丁・乱丁）は小社までご連絡ください。送料小社負担にてお取り替えいたします。